웨하스 소년

웨하스 소년

이유리

짧은 소설

마음산책

이유리

2020년 〈경향신문〉 신춘문예에 단편소설 「빨간 열매」가 당선되며 작품 활동을
시작했다. 지은 책으로 소설집 『브로콜리 펀치』 『모든 것들의 세계』, 연작소설 『좋
은 곳에서 만나요』, 단편소설 『잠이 오나요』가 있다.

웨하스 소년

1판 1쇄 발행 2024년 5월 10일
1판 2쇄 발행 2024년 11월 5일

지은이 | 이유리
펴낸이 | 정은숙
펴낸곳 | 마음산책

담당 편집 | 김수경
담당 디자인 | 오세라
담당 마케팅 | 권혁준 · 최예린
경영지원 | 박지혜

등록 | 2000년 7월 28일(제2000-000237호)
주소 | (우 04043) 서울시 마포구 잔다리로3안길 20
전화 | 대표 362-1452 편집 362-1451 팩스 | 362-1455
홈페이지 | www.maumsan.com
블로그 | blog.naver.com/maumsanchaek
트위터 | twitter.com/maumsanchaek
페이스북 | facebook.com/maumsan
인스타그램 | instagram.com/maumsanchaek
전자우편 | maum@maumsan.com

ISBN 978-89-6090-883-3 03810

* 책값은 뒤표지에 있습니다.

와, 원래 밤하늘이란 이렇구나.

평소에 우리 이렇게 아름다운 것을

머리 위에 이고 사는구나.

내가 새까맣게 탄 어린이였을 적, 잠시 산골에 살던 때의 일이다. 시간은 많고 같이 놀 친구는 없어 소일거리라고는 그저 혼자 돌아다니는 게 유일했는데 그러던 어느 한낮 냇가에서 웬 음료수 캔 하나를 찾아냈다. 겉은 낡고 이리저리 찌그러져 있었으나 묵직했고 틀림없이 새것이었다. 귀에 대고 흔들어보니 안에서 찰랑찰랑, 반짝반짝하는 소리도 났다. 나는 무심코 그것을 따려고 캔 고리에 손가락을 집어넣었다. 그러자 캔 안에서 새된 목소리가 들렸다.

"열지 마! 열지 말라고!"

나는 캔을 손아귀에 쥔 채 잠시 고민하다가 대꾸했다.

"그래도 궁금한데."

"내 알 바 아니잖아, 무례하긴. 열지 말란 말이야. 나가고 싶지 않다고."

"그러면 나도 알 바 아니지."

손가락에 힘을 주자 캔 속의 존재는 으아악, 하고 비명을 지르며 마구 날뛰었다. 그래보았자 내 손아귀엔 큼직한 벌이 툭툭 부딪히는 듯한 느낌만 전해질 뿐이었지만.

"알았어! 알았다고. 제발 부탁이야. 열지 말아줘. 대신 다른 좋은 걸 알려줄게. 그게 더 재미있을 거야, 응?"

"그게 뭔데?"

재미라는 말에 귀가 솔깃해진 나는 손가락을 가만두었다.

"그래, 이건 어때? 네가 나중에 커서 뭐가 될지 가르쳐줄게. 인간들은 그런 거 좋아하지 않아? 어때? 너도 좋지? 재미있겠지?"

"흠, 좋아."

"그래, 약속한 거다. 그럼 캔을 양손으로 꼭 쥐고 눈을 감아봐."

캔 속의 존재가 말했다. 나는 시키는 대로 양손을 모아 쥔 채 눈을 감았다. 그러자 다음 순간 갑자기 사방이 고요해졌다. 시냇물 흐르는 소리도, 나뭇잎을 뒤흔드는 바람 소리도 멈추었다. 그때 내가 감각할 수 있었던 것은 오로지 목덜미로 쏟아지는 늦여름의 햇빛뿐이었다. 무한한 빛, 모든 것을 아낌없이 골고루 덥히는 열기…….

잠시 후 캔 속의 존재가 말했다.

"……흐음, 흥미롭군. 동시에 전혀 흥미롭지 않기도 해."

"그게 무슨 말이야?"

"너의 삶은 사랑으로 가득하지만, 사랑은 곧 동량의 고통이기도 하지. 너는 많은 것을 갖지만 네가 가진 것들은 널 수시로 괴롭힐 거야. 너는 아름답지만 네 추한 마음을 가릴 수 있을 만큼 사랑스럽지는 않고, 너는 굳건하지만 네 머릿속의 폭풍을 멎게 할 수 있을 만큼 강하지는 않을 거야."

나는 방금 들은 말을 곰곰이 곱씹으며 이해하려고 애썼지만, 물론 전혀 이해할 수 없었다.

"그래서 나는 뭐가 된다는 건데?"

그러자 캔 속의 존재는 시큰둥하게 대답했다.

"아아, 너는 이야기를 지어내는 사람이 될 거야."

"에이, 그게 뭐야."

실망한 나는 어깨를 축 늘어뜨렸다. 당시 내 꿈은 모험가였다. 정글을 탐험하며 새로운 동물을 발견하고 그것에 내 이름을 붙여주는 일 말이다. 그런데 이야기라니, 고작 그런 걸 만들어내는 사람이 된다니.

"아무튼 약속은 지켰어. 이제 날 혼자 있게 해줘."

캔 속의 존재가 말했다. 그래, 약속은 약속이니까. 나는 캔을 꼭 쥐고 냇물 한가운데로 걸어갔다. 양팔이 다 잠길 만큼 깊은 곳에 다다라, 바닥의 미끄럽고 큰 돌을 몇 개 들어내고 모래 바닥에 푹 파인 구멍에다 캔을 내려놓았다. 다시 돌을 덮은 뒤 살펴보니 감쪽같았다. 이만하면 됐겠지. 나는 저벅저벅 물 밖으로 걸어 나왔다.

세월이 흘러 어른이 되었을 때, 내가 그 시냇가를 다시 찾아갔음은 말할 것도 없다. 물론 작은 삽과 양동이, 물안경을 챙겼다. 여름휴가를 전부 투자해서라도 그 캔을 다시 찾아낼 작정으로. 하지만 소용없는 짓이었다. 그 시내는 이미 매워진 지 오래였고 그 위에 웬 북유럽풍 펜션 한 채까지 떡하니 지어져 있었으니까.

그러니까 뭐, 그렇게 된 것이다.

2024년 5월

이유리

차 례

뛰는 순간에야 내가 왜 뛰고 있는지를 깨달았다.

앞으로 다시는 없을 것이다.

내게 왜 날지 않느냐고 묻는 사람 따위는.

가꾸는 이의 즐거움

기나긴 겨울이 끝나고 드디어 봄이 찾아왔다. 멀리 공허에서 불어오는 바람에 부드러운 봄 냄새가 느껴지고, 그간 둘렀던 두꺼운 외피를 탈피한 동족들이 얇고 보드레한 간절기용 외피 차림으로 거리를 활보하는 모습은 보기만 해도 산뜻하다. 나 역시 어제 막 탈피를 마치고 가벼워진 몸으로 첫 외출을 나온 참이었다. 행성 단지에 갈 생각이었다.

봄은 누구나 좋아하는 계절이지만 특히 나 같은 이들, 그러니까 행성 가꾸기를 즐기는 이들에게는 더할 나위 없이 행복한 계절이다. 겨우내 죽은 것처럼 잠들어 있던 행성들이 여기저기서 깨어나기 시작하고, 특별히 까다로운 행성이 아니고서야 아무 우주에나 던져놓아도 쑥쑥 자라 금세 새 생명을 보는 재미를 즐길 수 있는 때가 바로 봄이다. 그러니 참을 수 있나, 새봄을 맞았으니 새 행성을 들여야지.

동족들도 대부분 비슷한 생각이었는지 행성 단지는 평소보다 더 붐비고 있었다. 아직 먼지구름 덩어리에 불과한 씨앗 행성부터 이미 위성을 여러 개 달고 있는 행성까지, 각양각색의 행성들이 저마다 미모를 뽐내며 주인을 기다리는 중이었다. 유리 플라스크에 담긴 행성들을 들었다 놓았다 하며 살펴보는 동족들 사이에 나도 끼어들어 이것저것 구경했다. 어디 보자, 끊임없이 불기둥이 솟아오르는 이 항성도 너무 예쁘고, 고리를 단 요 녀석도 정말 우아하게 생겼는걸. 마음 같아선 전부 집으로 데려가고 싶었지만 신중해야 했다. 이미 우리 집 양지바른 곳의 우주는 전부 빼곡하게 행성이 심어져 있는 터라 사 간다 해도 마땅히 둘 자리가 없었으니까. 인내심 많은 내 파트

너도 과도하게 늘어나고 있는 행성에 슬슬 불만을 표하기 시작한 상황이었다. 예쁘긴 하지만 제각기 빙글빙글 자전하고 공전하는 탓에 보고 있으면 정신이 하나도 없는 데다, 어딘가에서 대폭발이 일어나는 날에는 자다가도 깜짝깜짝 놀라 깬다는 것이었다. 아마 오늘 또 새 행성을 사 왔다는 걸 알면 분명 좋지 않은 얼굴을 하겠지. 하지만 어쩔 수 없다, 봄이 왔는걸! 작은 녀석으로 사다가 다른 행성들 틈에 슬쩍 끼워 넣으면 아마 모르겠지. 좀 미안하긴 하지만, 어쨌든 이건 결국 파트너에게도 좋은 일이다. 행성들이 내뿜는 각종 기체들은 우리 종족의 호흡기에 아주 좋다고들 하니까.

천천히 행성 단지를 둘러보던 나는 작고 밀도가 높은 고체형 행성을 주로 파는 가게 앞에 촉수를 멈췄다. 이런 거라면 괜찮지 않을까. 마침 가판대에 늘어놓은 색색깔의 행성 중 내 눈을 확 잡아 끄는 녀석이 있었다. 조그맣고 귀여운 크기의 푸른얼음 덩어리였다. 아직은 볼품없어 보이지만, 이런 녀석들이 막상 눈을 틔우기 시작하면

깜짝 놀랄 만큼 아름다워진다는 걸 몇 번 경험해본 터였다. 봄에 키우기 딱 알맞은 행성이군, 생각하며 이리저리 뜯어보는데 안쪽에서 가게 주인이 나와 말을 걸었다.

"고체형 행성 찾으세요?"

"네, 작게 자라는 애로 들이고 싶은데요. 얘는 까다롭나요?"

"까다롭긴요. 빛 조금만 쬐여주면 금방 잘 크죠. 앤 요즘 계절에 심기 딱 좋아요. 크면 얼마나 이쁜데요."

가게 주인이 내가 보고 있던 행성을 집어 들어 건네주었다. 받아 들어 살펴보니 묵직한 것이 건강하고 튼실해 보이긴 했다.

"얘는 이름이 뭐예요?"

"지구요. 얘 요즘 잘나가요. 좀 크면 새파란 표면에 흰색 무늬가 생기는데 진짜 예쁘거든요."

"물은 어떻게 줘요?"

"자주 안 줘도 돼요. 빛 좋은 데에 두면 알아서 녹기 시작하니까요. 과습에만 주의하면 딱히 문제없을 거예요."

"좋네요, 얘로 주세요."

주인이 작은 유리 플라스크를 꺼내 행성을 담아주었다. 그런데 값을 치르고 돌아서려는 참에, 깜박 잊었다는 듯이 덧붙이는 게 아닌가.

"참, 키우다 보면 표면에 작은 미생물이 생길 때가 있거든요. 너무 과도하게 번식하지만 않으면 행성 건강에 도움이 되니까, 굳이 약 치지 마세요."

"미생물이요? 징그러운 애들이에요?"

기겁을 하고 물었지만 주인은 태평하게 대답했다.

"그렇게 징그럽진 않아요. 가만 보고 있으면 귀엽기도 하고."

가만 보고 있으면 귀엽다니, 그럼 가만 보기 전까지는 귀엽지 않다는 말이잖아. 이미 내 촉수에 들어온 녀석을 어쩔 수도 없어 달랑달랑 들고 집에 돌아오긴 했지만 마음 한구석에는 찜찜함이 가시질 않았다. 어쨌든 파트너가 보기 전에 얼른 녀석을 심어야지. 우주들을 놓아둔 창가 앞을 서성거리며 적당한 자리를 물색했다. 어디 보자, 빛을 쬐여주라고 했으니 항성 가까이에 두는 게 좋겠지. 그리고 공전궤도랑 자전주기를 고려하면…… 여기쯤이 좋겠군. 나는 모종삽을 가져와 가늠해둔 지점에다 얕게 구멍을 팠다. 처녀자리 초은하단 안쪽의 아늑하고 습한 자리였다. 작긴 하지만 젊은 항성이 있는 데다, 이미 궤도를 잘 잡은 다른 행성들이 자라고 있는 곳이라 씨앗 행성이 성장하기에는 아주 좋은 지점이었다. 구멍 위에 지구를 얹어놓고 우주를 덮어 토닥토닥 다졌다. 그 미생물이라는 게 좀 걱정되긴 하지만, 잘 관리해주면 괜찮겠지 뭐.

새봄맞이 행성으로 지구를 고른 건 괜찮은 선택이었다. 행성 가게 주인의 말대로 지구는 금방 쑥쑥 자랐다. 항성의 빛을 받아 표면의 얼음덩어리가 녹아내리자 본래의 푸른색을 드러낸 지구는 정말 예뻤다. 어두운 우주 한가운데서 파랗게 빛나는 모습은 아무리 들여다보고 있어도 질리지 않을 정도였다. 조금 더 자라면서 증발한 수분이 지구 표면을 사르르 감싸자 흰무늬도 점차 나타나기 시작했다. 세상에, 이렇게 예쁜 게 다 있다니! 보고 있자면 저절로 감탄이 나왔다. 게다가 키우기도 얼마나 쉬운지. 가끔 미지근한 물만 뿌려주었을 뿐, 따로 비료 한번 주지 않았는데도 알아서 혼자 잘 크는 게 대견하기 짝이 없었다.

그러던 어느 날이었다. 여느 때처럼 행성들을 손질하다 무심코 지구를 들여다보았는데, 표면에 뭔가 아주 작은 것들이 꿈틀거리고 있는 것을 발견했다. 으악! 이게 가게 주인이 말한 미생물인가? 화들짝 놀라 우주를 통째로 눈높이까지 들어 올려 자세히 살펴보았다. 촉수가 네개 달리고 날카로운 이빨이 잔뜩 돋은 것들이 제멋대로 지구 껍질 위를 뛰어다니고 있었다. 보다 보면 귀엽다더니, 크게 징그럽진 않지만 아무리 봐도 전혀 귀여운 생김새는 아니었다. 세상에, 이게 뭐람. 내버려둬도 되는 건가? 나는 황급히 전뇌 네트워크에 접속해 행성을 키우는 동족들이 모인 커뮤니티에 들어갔다. 뇌 속에서 방금 본 지구의 시각 정보를 찾아내 올리며 이것들이 대체 뭐냐는 질문을 남기자, 금세 답글이 올라왔다.

님의 지구에도 드디어 미생물들이 생겼군요. 저것들은 파충류 중 공룡이라는 애들인데 별로 해롭지 않아요. 서로 잡아먹으면서 적당히 개체수를 유지하니 내버려둬도 됩니다.

공룡, 공룡이라. 딱히 유해한 건 아니라니 괜찮은 걸까. 어차피 이렇게 작은 것들을 일일이 잡아낼 자신도 없긴 했지만. 나는 다시 한번 지구 표면을 들여다보았다. 답변해준 동족의 말대로 정말 큰 것이 작은 것을 잡아먹고, 나는 것이 기는 것을 잡아먹고 있었다. 이쪽에서 줄어들면 저쪽에서 번식하고, 와글와글 늘어났다 싶으면 다시 우르르 줄어드는 걸 보고 있자니 조금 신기하기도 했다, 귀엽지는 않았지만. 행성을 키우다 보니 별일이 다 있군, 중얼거리며 나는 처녀자리 초은하단을 통째로 들어 올려 잘 보이지 않는 뒤쪽에 쑥 밀어놓았다. 혹시 파트너가 미생물을 보기라도 하면 당장 갖다 버리라며 질겁을 할 게 뻔했기 때문이다.

그 뒤로 한동안 바빠서 우주를 들여다보지 못했다. 날이 슬슬 따뜻해지면서 출장이 잦아진 탓이었다. 나는 세계의 뚜껑을 관리하는 부서에서 일하고 있었는데, 더운 계절에는 뚜껑 안쪽과 바깥쪽의 기온 차이로 인해 과도하게 팽창하거나 금이 가는 부분이 생겨나게 마련이었다. 때문에 매년 여름이 오면 우리 부서 동족들 모두가 이리저리 텔레포트를 하며 바쁘게 일하곤 했고, 나 역시 마찬가지였다. 매일 녹초가 되어 집에 들어와선 씻지도 않고 그대로 수면 캡슐로 들어가는 나날이 반복되다 보니 도저히 우주를 살펴볼 짬이 나지 않았다.

느긋하게 집에서 시간을 보낼 수 있는 휴일이 찾아온 건 늦여름이 다 되어서였다. 오늘은 집에서 하루 종일 우주를 돌보며 쉬어야지, 하고 다짐했던 터라 아침에 일어나자마자 창가로 갔다. 따뜻한 날씨 덕분일까. 다행히 여태껏 무심했던 것치고는 행성들의 상태가 괜찮았다. 안 보는 사이에 무성하게 자라 위성을 몇 개나 달고 있는 녀석도 있었고, 그새 중력이 강해져 우주먼지를 끌어당겨 고리를 만든 녀석도 있었다. 자, 어디 보자. 너무 다닥다닥 붙은 위성은 적당히 떼어내고, 몇몇 행성들은 자전축을 좀 바로 세워줘야겠군. 나는 섬세하게 촉수를 놀리며 행성들을 하나하나 손질하고 다듬어나갔다.

뒤쪽에 처박아두었던 지구 생각이 난 건 라니아케아 초은하단 부근에 접어들었을 때쯤이었다. 맞다, 지구! 미생물들은 어떻게 됐지? 모종삽으로 태양계를 푹 퍼 올려 살펴보는데 뭔가 이상했다. 지구 표면에 아름답게 어른거리던 흰무늬가 대부분 사라져 있었고, 그 아래 드러난 껍질은 거의 전부가 죽은 듯 어두운 파란빛이었다. 왜 이러지, 항성 빛이 너무 과했나. 지구를 자세히 들여다보던 나는 기함할 듯이 놀랐다. 이전에 보았던 공룡이라는 미생물은 온데간데없었고 그보다 훨씬 작은 생물들이 빼곡하게 달라붙어 있었다. 위쪽에는 털이 보송보송 돋아 있고 아래쪽에는 가느다란 촉수 두 개를 달고 걸어 다니는 모양이 공룡보다 훨씬 징그러웠다. 게다가 이렇게 바글

거릴 건 뭐람, 이거 괜찮은 거 맞아? 나는 몸서리를 치며 다시 한번 전뇌 네트워크에 접속했다. 행성 키우기 커뮤니티의 긴급 질문 게시판에 흰무늬가 거의 사라진 지구의 시각 정보를 올리자, 역시나 바로 답글이 달렸다.

윽, 인간이군요. 지독한 미생물에게 걸리셨네요. 얘네들은 놔두면 계속 늘어나면서 행성을 엄청나게 망가뜨려요. 게다가 행성 하나를 다 망치고 나면 옆의 다른 행성으로 옮아가서 또 같은 짓을 벌입니다. 초기에 방제하는 게 좋은데 때를 놓치셨네요. 지금이라도 인류 전용 약품을 뿌려주세요.

세상에, 이 작은 미생물들이 그렇게 독하단 말이야? 나는 촉수 두 개로 조심조심 지구를 끄집어 올렸다. 말을 듣고 보니 이미 행성의 상태가 썩 건강해 보이지는 않았다. 이미 군데군데 푹푹 파인 흔적도 있었고 표면도 시커멓게 변한 게 어딘가 썩어들어 가고 있는 듯했다. 이런이런, 그동안 너무 무심했구나. 그나저나 인류 전용 약품이라…… 전뇌 네트워크에 접속해 이번에는 행성용품 쇼핑몰에 들어갔다. 방제약품 코너에서 가장 별점이 높은 '인류싹싹'이라는 것을 한 통 주문하자, 곧 딩동 하는 소리와 함께 포장된 택배가 허공에서 뚝 떨어졌다. 텔레포트 택배는 배송비가 좀 비싸긴 하지만 급하니까 어쩔 수 없지. 나는 택배 상자를 뜯고 분무기처럼 생긴 통을 꺼내 들었다. 옆면에 붙은 사용 설명서를 대강 훑어보니 하루에 한 번씩 뿌려주기만 하면 되는 것 같았다. 그럼 어디 해볼까. 나는 분무기로 지구를 겨냥하고 손잡이를 눌렀다. 무색투명한 약이 미세한 방울로 뿜어져 나와 지구를 감쌌다. 음, 효과가 좀 있나? 나는 약품에 젖은 지구를 유심히 들여다보았다. 악! 그런데 이건 또 뭐야. 한쪽에서 미생물들이 우수수 죽어나가는 사이, 다른 쪽에서는 아직 죽지 않은 미생물들이 줄지어 뭔가에 올라타고 있었다. 짧은 날개가 달린 원통형의 물체였다. 몇백 마리의 미생물을 태운 원통이 이번에는 끄트머리에서 빛을 뿜으며 여기저기서 날아올랐다. 경악하며 지켜보자 원통들은 호를 그리면서 지구를 빙 둘러 돌더니, 놀랍게도 지구 바로 옆에 심어둔 화성에 착륙했다. 안 되지, 안 돼. 나는 제일 가느다란 촉수 끝으로 화성 표면에 내려앉은 원통들을 꼭 집어 으스러뜨렸다. 어휴, 정말 지독한 녀석들이군. 혹시 모르니 태양계의 다른 행성에도 '인류싹싹'을 뿌려둬야겠어. 아니 아예 라니아케아 초은하단 전체에 뿌리는 게 안전할지도 몰라. 나는 아까 그 쇼핑몰에 다시 접속해 '인류싹싹'을 두 통 더 주문했다. 이거면 되겠지. 나는 들고 있던 지구를 원래 자리에 조심스럽게 내려놓고 우주를 다독다독 덮었다. 미생물이 거의 없어지고 난 지구는 벌써 조금씩 기운을 차리고 있는 듯 보였다. 다시 이전의 예쁜 모습을 되찾을 때까지 자주자주 들여다보고 돌봐야지.

지구는 아마 괜찮을 것이다. 행성들은 절대 배신하지 않으니까. 죽을 것처럼 시들시들하다가도 조금만 관심을 쏟아주면 금방 되살아나고, 바짝 마른 것 같다가도 갑자기 화려한 무늬와 위성을 보여주는 게 행성들이다. 그 기적 같은 과정이 오롯이 내 촉수를 통해 이루어진다는 게 얼마나 뿌듯한 만족감을 주는지, 아마 행성을 가꿔보지 않은 이들은 절대 모를 거다.

그러니 삶이 무료하다면, 요즘 들어 성취감을 느껴본 적이 없다면 당신도 집에다 행성을 하나 들이는 게 어떨까. 창가에 행성을 하나 놓아두는 것만으로 삶이 얼마나 즐거워지는지 모른다. 아마 매일 들여다보며 돌보고 쓰다듬게 될걸. 그러다가 나처럼 집 안이 온통 빙글빙글 반짝반짝하는 행성들로 뒤덮여도 책임은 못 지지만 말이다.

돌이키는 하루

그때는 이날이 내 생애 최고의 날이 될 거라곤 생각하지 못했다.

'돌이키는 하루' 설정 버튼을 누른 건 중학교 1학년 때였다. 한가로운 수요일 밤, 방에서 혼자 창밖을 내다보며 무심코 목뒤에 쏙 들어간 부분을 쓰다듬다가 그 속에 있는 버튼을 손톱으로 꼭 누른 거였다. 그 즉시 삐빅, 소리와 함께 안내 음성이 들려왔다. 정확히 기억은 안 나지만 대충 이런 멘트였겠지. "오늘 하루를 평생 돌이키는 하루로 설정하시겠습니까? 설정 후에는 되돌릴 수 없습니다." 그 소리를 듣고도 버튼을 한 번 더 눌렀고, 누르고 나서야 아 망했다, 생각했지만 이미 늦은 일이었다. 뭐, 중학생 때는 다들 미친 짓을 한 번씩 하곤 하니까.

당시에는 조금 후회하긴 했었다. 누구에게나 딱 한 번씩만 주어지는 '돌이키는 하루' 기능을 이렇게 바보같이 써버리는 사람은 나 말곤 없을 것 같았다. 보통은 아껴뒀다가 더 좋은 일이 있을 때 사용하니까 말이다. 특별히 끝내주는 하루를 보낸 날, 예를 들면 아이가 태어난 날이라든가 애인을 처음 만난 날이라든가. 하다못해 응원하는 스포츠 팀이 기가 막힌 경기를 보여준 날이라도 괜찮았을 것이다. 완전히 평범한 중학생의 하루라니, 이런 걸 왜 반복해서 보고 싶겠어.

하지만 서른다섯 살이 된 지금, 이제는 알 수 있다. 내 선택은 최고였다는 걸.

야근을 하고서도 일거리를 싸 들고 돌아온 새벽, 지친 몸으로 침대에 누워서 나는 목뒤의 버튼을 누른다. "돌이키는 하루가 시작됩니다." 이제는 낯익은 안내 음성을 들으며 눈을 감고 그날로 돌아갈 준비를 한다. 그리고 천천히, 눈을 뜬다.

　엄마가 나를 깨우고 있다. 너 지금 안 일어나면 진짜 지각해! 소리치면서. 나는 부스스 일어나서 밖으로 나간다. 지금보다 훨씬 젊고 건강한 엄마가 뒷모습만 보인 채 부엌에 서 있다. 밥상에는 내 아침밥이 차려져 있다. 어제 저녁에 먹었던 김치찌개와 계란프라이. 어릴 땐 왜 몰랐을까, 누가 아침을 차려준다는 게 이렇게 감사하고 소중한 일인지를. 찌개에 밥을 말아 후룩후룩 삼키는 사이 엄마는 내 교복을 다리밋대에 올린다. 아직 다리미의 뜨끈한 온기가 남아 있는 교복 블라우스를 걸치고 집을 나서니 바깥은 화창하다. 같은 교복을 입은 아이들이 드문드문 아파트 단지를 벗어나고 있다. 신발주머니를 경쾌하게 흔들며 나도 걸어간다.

　곧이어 옆 아파트와 합쳐지는 갈림길에서 혜경이를 만날 차례다. 그다지 길지 않은 등굣길을 중학교 3년 내내 함께 다닌 내 절친한 친구. 나를 반기는 혜경이의 앳된 얼굴을 보니 새삼 지난 일이 후회가 된다. 혜경이랑은 다른 고등학교에 가면서 멀어졌다. 각자의 삶이 바빠 어느샌가 멀어져버렸고 그것을 서로 탓하다 사소한 일로 다툰 뒤엔 아예 연락도 하지 않게 된 거였다. 고등학교에서 다른 친구를 사귀더라도 항상 베스트 프렌드는 우리 둘인 걸로 하자고 약속했었는데. 커서 어른이 되면 한 건물에 살면서 2층은 내가, 3층은 혜경이가 쓰고 1층에는 카페를 차리자는 얘기도 했었는데. 지금은 어디서 무얼 하고 사는지도 모르지만, 이때는 모든 걸 다 줄 수도 있을 것 같았다. 하지만 평생 함께할 거라고 생각했던 이들 중 멀어진 건 혜경이뿐만이 아니다. 그들은 다 어디로 갔을까. 어떻게 살고 있을까.

교실에 도착해 가방을 내려놓는다. 책상에는 당시 좋아하던 아이돌의 사진이 덕지덕지 붙어 있다. 이 아이돌이 나중에 성범죄자가 된다는 사실을 이땐 까맣게 몰랐었지. 목숨 걸고 좋아하던 오빠들의 사진을 노려보며 책상 서랍에 아무렇게나 쑤셔 박힌 교과서를 꺼낸다. 이날 하루를 하도 많이 반복한 탓에 수업 내용은 달달 외울 수 있을 지경이 됐다. 1교시는 영어다. 지금의 나보다 훨씬 젊은 영어 선생님이 가슴에 책을 안고 들어오자 교실은 곧 조용해진다. 이때는 정말 영어가 너무 싫었는데. 나이를 먹은 지금은 주말마다 비싼 돈을 내고 직장인 영어 회화 교실에 다니고 있다는 사실을 생각하면 헛웃음이 난다.

옆자리 친구와 끄적끄적 필담을 주고받으며 한창 딴짓을 하고 나면 수업이 끝난다. 쉬는 시간에는 교실 뒤로 우르르 몰려가 삼삼오오 뭉친다. 공기놀이와 학종이 따먹기를 하는 아이들이 바닥에 엎드리고 그 옆으로는 어느새 말뚝박기를 하는 아이들이 줄을 선다. 포켓몬스터 고무 딱지를 서로 교환하는 아이들도 있다. 평소 같았으면 공기놀이 패에 끼어들어 현란한 솜씨를 뽐냈겠지만 오늘은 야근 탓인지 좀 피곤하다. 한 발짝 떨어져 창가에 서서 아이들을 구경하기로 한다. 뭐가 저리 재미있을까. 소리를 질러대며 웃는 아이들을 보니 마음 한구석이 뭉클해진다. 현실에서 저렇게 웃어본 게 언제였더라. 유튜브나 웹툰을 보며 피식 웃은 적은 있어도 저렇듯 온 힘을 다해서, 무언가에 완전히 빠져들어 웃어본 때는 아무리 생각해도 좀처럼 기억나지 않는다.

시간은 후딱 흘러 어느새 점심시간이다. 종이 치자마자 급식실로 튀어 나가는 발 빠른 남자아이들을 앞세워 나도 혜경이의 손을 잡고 뛴다. 수요일은 보통 맛있는 반찬이 나오는 날이라 아이들의 얼굴이 유난히 밝다. 치킨너깃을 튀기는 고소하고 짭짤한 냄새가 이미 3교시 때부터 풍기고 있었다. 식판을 골라잡아 반별로 선 급식 줄에 섰다. 김치콩나물국, 조밥, 오이무침 그리고 눅진하게 불어 있는 떡볶이와 공룡 모양 치킨너깃 세 개가 식판에 올려진다. 그 위에 케첩을 스푼으로 푹 퍼서 얹으면 점심 식사가 완성된다. 도대체 왜 급식에서 먹던 맛을 집에선 낼 수 없는 걸까. 특히 달콤하고 찐득한 요 떡볶이는 어떤 양념으로도 재현할 수 없는 특유의 맛이 있단 말이지. 친구와 조잘조잘 아이돌 이야기를 떠들며 부지런히 밥을 입으로 퍼 넣는다. 어제 연예가중계 봤어? 게네 진짜 사귀는 거 아니야? 혜경이가 밥풀을 튀기며 열변을 토한다. 나는 열심히 맞장구를 쳐주지만 사실은 당연히 알고 있다. 혜경이가 말하는 그 남자 연예인은 몇 년 뒤 다른 아이돌과 열애설이 터져 일간지 1면을 장식한다는 걸.

점심을 배부르게 먹고 남은 점심시간엔 혜경이와 매점에 간다. 메뉴는 항상 정해져 있다. 나나콘과 가슴이 커진다는 뜬소문 때문에 꼭꼭 챙겨 먹곤 했던 딸기우유다. 작년에 왼쪽 어금니에 임플란트를 한 이후 딱딱한 음식은 절대로 먹지 않고 있지만 여기서만큼은 걱정 없다. 짭짤하고 단단한 나나콘을 와작와작 씹으면서 혜경이의 팔짱을 끼고 운동장을 빙빙 돈다. 소리를 지르며 축구공을 차는 남자아이들의 머리 위로, 교복 윗도리를 다 적시며 수돗가에서 물장난을 치는 아이들의 등짝으로 여름 햇볕이 내리쬔다. 아아, 아무 걱정도 없는 이 한가로운 시간. 회사에서도 점심을 먹고 나면 짧게 산책을 하곤 하지만 이때랑은 완전히 다르다. 동료들과 마음에도 없는 수다를 떨지 않아도 되고 오후 업무를 맨정신으로 버티기 위해 커피를 들이켜지 않아도 되는 순수한 휴식.

점심시간이 끝나는 종이 울리고, 꾸벅꾸벅 잠이 오는 5교시도 끝난다. 담임선생님이 종례를 마치자마자 미리 챙겨둔 가방을 들쳐 메고 혜경이와 함께 쏜살같이 학교를 빠져나간다. 바로 옆 아파트에 사는 혜경이와 갈림길이 나올 때까지 함께 걷는다. 화두는 단연 아이돌 얘기, 그리고 친구 얘기와 부모님 얘기와 선생님 얘기. 굴러가는 낙엽만 봐도 자지러지는 나이라지만, 별다를 것 없이 매일 주고받는 똑같은 이야기가 왜 그렇게 재미있는지. 입이 아플 때까지 수다를 떨어놓고도 헤어질 때의 인사는 정해져 있다. 네이트온 들어와! 갈림길 끝에서 혜경이가 웃으며 손을 흔든다.

집에 들어가면 아무도 없다. 어느새 깔끔하게 정리되어 있는 내 침대 위에 교복을 아무렇게나 벗어 던져놓고 거실로 나와본다. 식탁에 랩을 씌운 그릇과 함께 쪽지가 놓여 있다. '딸, 엄마 모임 간다. 유부초밥 먹고 저녁에는 공부 좀 해.' 그릇에는 먹음직스러운 유부초밥이 잔뜩 쌓여 있다. 집에 돌아오면 음식이 준비되어 있다니! 매번 보는 광경이지만 매번 감탄하며 나는 랩을 벗긴다. 그릇을 통째로 들고 컴퓨터 앞으로 간다. 아무리 바빠도 빼먹을 수 없는 중요한 하루 일과, 친구들의 싸이월드 순회와 일촌 파도타기. 유부초밥을 집어 먹어 끈적한 손가락으로 키보드를 누른다. 네이트온에 접속하자 기다렸다는 듯 혜경이의 채팅이 도착한다. '혜경이 왔어요 뿌우~' 나는 킬킬 웃는다. 그래그래, 지금은 괴상하게 들리지만 이때는 이런 말이 유행했었지.

시간 가는 줄 모르고 싸이월드 삼매경에 빠진다. 지금은 얼굴도 기억나지 않는 아이들이 다양한 일촌명을 달고 미니룸 안에서 웃고 있다. 살펴보니 드문드문 기억나는 이름이 있긴 하다. 애는 일찍 결혼했다가 이혼했다던데, 그리고 애는 술장사를 한다고 들었고……. 그러다 보니 날이 저무는 줄도 몰랐다. 도어록 누르는 소리에 화들짝 놀라 컴퓨터를 꺼버리고 책상에 앉지만 소용없다. 방에 들어온 엄마가 컴퓨터 본체에 손을 얹어보고는 뜨끈뜨끈하구만, 하며 등짝을 내리친다. 아 엄마, 진짜 좀 전까지 공부하고 있었어! 그러나 변명은 통하지 않는다.

이윽고 저녁상이 차려진다. 무를 넣고 조린 고등어, 엄마의 특제 왕계란말이가 올라간 밥상에 나는 기쁘게 다가앉는다. 아직 화장기가 남아 있는 얼굴로 묵묵히 밥을 떠 넣던 엄마가 나를 보고 묻는다. 오늘 학교는 어땠어? 하고. 뭐, 맨날 똑같지. 나는 무심히 대답하지만 속으로는 가슴이 뭉클해진다. 누가 이렇게 나한테 매일 물어봐줬으면 좋겠다, 오늘 하루가 어땠느냐고.

저녁상을 물리고 나선 엄마가 설거지하는 소리를 들으며 텔레비전을 켠다. 물론 오늘의 텔레비전 프로는 다 외우고 있다. 뭘 볼까, 이리저리 채널을 돌리니 익숙한 연예인들의 지금보다 훨씬 젊은 얼굴이 획획 지나간다. 그때 또다시 도어록 소리가 들린다. 아빠다! 나는 뛰어나간다. 술에 취해 얼굴이 벌건 아빠가 비틀거리며 구두를 벗고 있다. 아빠가 오오 우리 딸, 하고 팔을 벌리는 것보다 아빠가 들고 있는 검은 비닐봉지에만 관심이 있다. 왜일까, 아빠들이 꼭 술에 취하면 아이스크림을 사 오곤 하는 건. 거기 들어 있는 아이스크림이 뭔지도 당연히 알고 있지만, 나는 봉지를 벌려보고 괜히 한번 볼멘소리를 한다. 메로나, 바밤바, 붕어싸만코! 순 아빠 좋아하는 것만 사 왔어! 아빠는 너털웃음을 웃으며 소파에 펄썩 앉고는 리모컨을 빼앗아 간다. 뉴스를 틀고는 조금 보는 것 같더니 금세 앉은 채로 잠이 든다. 엄마가 혀를 차며 아빠의 양말을 벗겨준다. 나는 메로나를 하나 물고 슬그머니 방으로 들어간다.

창문을 연다. 어릴 적부터 써온 낡은 책상이 있는 정겨운 내 방 안으로 여름 저녁의 공기가 밀려들어 온다. 아파트 어딘가에 심어져 있는 라일락 향기와 오늘 낮 내내 데워졌다 천천히 식어가고 있는 열기가 섞여 향기롭다. 나는 숨을 크게 들이마신다. 이때는 정말로 몰랐다. 아무 걱정도 없이 순수한 즐거움만 가득했던 오늘 하루, 이런 하루를 다시는 보낼 수 없는 때가 곧 온다는 걸. 미치도록

가기 싫은 곳을 내 발로 가고 죽도록 하기 싫은 일을 웃으
며 해야 하는 삶이 내 것이 되리라는 사실을.

그리고 이젠 그 삶으로 돌아가야 할 시간.

눈으로는 계속 창밖을 바라보며, 나는 목뒤를 더듬는
다. 버튼을 꾹 누르자 안내 음성이 들려온다. "돌이키는
하루를 끝내시겠습니까?" 버튼을 한 번 더 누르고 나는
눈을 감는다. 영영 여기에 머무를 수만 있다면 얼마나 좋
을까. 중학생 때 일기장에 얼른 어른이 되고 싶다고 썼던
일을 떠올리며 나는 씁쓸한 미소를 짓는다.

눈을 떴다. 서른다섯 살의 내가 침대에 누워 있었다. 나
는 뒷목을 문지르며 몸을 일으켰다. 이제 밀린 일을 할 차
례였다.

5분 동안

"유미야?"

"응, 나 여기 있어."

"옆에 라디오 있어? 있으면 좀 켜봐."

"잠깐만 시계 좀 만져보고. 에구, 벌써 12시가 다 됐네. 켤게."

이어서 오늘의 바이러스 오염 수치를 알립니다. 오늘 오후의 오염 수치는 어제에 이어 98을 기록하고 있습니다. 오늘 자정까지, 안전 고글을 착용한 경우 65분가량, 안전 고글을 착용하지 않은 경우 5분가량 눈을 뜰 수 있겠습니다.

오늘 바람의 방향에 따라 대기오염 수치가 가장 낮은 5분은 저녁 8시 35분부터 40분까지로 추정되며, 이는 실외와 실내를 가리지 않고 적용되는 기준입니다. 해당 시간에 사이렌으로 알려드릴 예정이므로, 이외의 시간에 국민 여러분께서는 시력 보호에 특히 유의하시기 바랍니다. 눈으로 침투하는 이 바이러스에 인체가 견딜 수 있는 시간 이상으로 노출될 시 치명적인…….

"됐어, 꺼."

"……안전 고글 있는 사람들은 좋겠다."

"그러게 우리도 하나 사자니까."

"무슨 돈으로 사냐."

"……."

"바깥에 구호 물품 와 있나?"

"그런 것 같아. 뭔가 문 앞에 떨어지는 소리를 들었어."

"내가 지금 가볼게."

"아! 내 발 밟았어."

"에구, 미안."

"문 열 때 조심해. 라디오 들었지? 안전 고글 쓴 강도단 얘기."

"어떤 멍청한 강도가 우리 집을 털겠냐. 털어봐야 즉석밥이랑 스팸만 있을 텐데."

"그래도 조심해."

"조심하는 게 뭔데. 그거 어떻게 하는 건데."

"……웃으라고 한 말 같은데 왜 안 웃기냐."

"오, 정말 뭐가 와 있네. 묵직한 걸 보니 구호 물품 맞는가 보다. 어휴, 뭘 귀한 거라고 이렇게 꽁꽁 싸매났대. 거기 칼 있어?"

"응, 여기. 조심해."

"뭘 자꾸 조심하래. 어차피 보이지도 않는구만."

"뭐 뭐 들었어?"

"보자, 즉석밥이랑 생선퓌레인 것 같고, 이건 부스럭거리는데 라면인가? 과잔가? 그리고 이건 가루우유 박스겠고."

"무슨 맛이려나? 초코 맛이었으면 좋겠다, 제발."

"난 딸기가 더 낫던데."

"아 김치찌개에 계란말이 먹고 싶다, 따끈한 밥에."

"나도. 우리 예전에 갔던 그 식당 기억나? 수미네 집 근처에 있던 거기."

"기억나지. 그게 벌써 언제 적 일이냐. 대재앙 한참 전이니까."

"그러고 보니 수미네 고양이랑 수미는 잘 있을까."

"코코? 코코는 아마…… 음."

"수미는? 수미는?"

"수미는 잘 살고 있을 거야. 애가 워낙 야무졌잖아. 구호 물품 알뜰하게 아껴가면서 잘 버티고 있겠지."

"하긴, 수미네는 입이 하나니까."

"너 지금 내가 많이 먹는다고 탓하려는 거지?"

"아하하! 간지럽히지 마. 그런 거 아니었어."

"수미네 고양이 진짜 귀여웠는데."

"맞아, 복슬복슬 따뜻하고."

"착하고 애교 있고."

"좋은 곳에 있을 거야."

"어디든 간에, 여기보단 낫겠지."

*

"원아?"

"응, 나 여기 있어."

"진짜 거기 있지?"

"그럼, 당연하지."

*

"라디오 좀 켜봐. 심심하다."

"전기 아껴야 돼. 어제 보니까 이번 달 거 얼마 안 남았
더라."

"그럼 아무 얘기나 해줘."

"무슨 얘기?"

"대재앙 전 얘기. 아무거나."

"음, 그럼…… 우리 바닷가 갔던 얘기 해줄까."

"그거 너무 많이 들었어. 좀 웃긴 걸로 해줘."

"음, 그러면 예전에 너 술 취해서 사탕 껍질 밟고 넘어졌을 때."

"그건 너만 웃긴 얘기잖아."

"너 그때 흉터 아직도 있지 않아?"

"허벅지에. 아, 책이나 읽을까. 참, 어제 내가 읽던 점자 책 못 봤어?"

"그 책 여기 어디쯤에 있어. 내가 읽었어."

"제자리에 좀 갖다 놓으라니까. 아까 엄청 오랫동안 더듬거리면서 찾았단 말야."

"미안 미안. 자, 찾았다. 여기."

"아, 이 책도 질린다. 다른 책 없나? 심심해죽겠어."

"책 이거 한 권밖에 없잖아. 너 읽을래? 나 이따 읽을게."

"아냐, 됐어."

"아, 이럴 줄 알았으면 좀 더 인생을 즐길걸 그랬어. 더 놀러 다니고, 더 맛있는 것도 먹고."

"대재앙 전에도 우리 많이 놀러 다녔잖아."

"더, 더 놀았어야 돼. 이렇게 눈도 못 뜨고 살 줄 알았다면. 이게 뭐야 진짜."

"만약에 이거 다 끝나면…… 아니 예전으로 돌아간다면 어디 가고 싶은데?"

"해외! 아니다 국내부터. 온천 가고 싶어. 때 싹 벗기고, 노천탕에서 바나나우유 먹고 싶다. 그리고 영화관도 가고 싶어. 팝콘에 콜라 쫙쫙 마시면서 영화 한 편 때리고 싶네. 화끈한 액션영화로. 영화 보고 나온 담엔 알지? 집에 와서 치킨 시켜놓고 나무위키에 영화 찾아보는 거."

"어째 다 먹는 거랑 겹쳐 있냐 넌."

"인간의 본능이지 뭐. 넌? 뭐 하고 싶은데?"

"난, 그냥 너 보고 싶어. 시간 안 재고. 가만히. 아무것도 안 하고."

"뭐야, 갑자기 느끼하게."

"그냥. 그러고 싶다, 난."

"사실 나도 그래."

"에이. 이미 늦었어."

"킥킥킥."

"크크크."

＊

"유미야."

"응, 나 여기 있어."

＊

"원아, 점자 시계 어디다 뒀어?"

"내 옆에 있어. 지금 몇 시냐면 어…… 7시 38분."

"아직 멀었네. 지겨워."

"라디오라도 듣자. 전기 모자라면 난방을 좀 아끼면 되잖아."

"알았어, 알았어."

유종환, 김수희의 〈그땐, 그땐, 그땐〉을 듣고 계십니다. 오늘 보내드릴 곡은 대재앙 직전에 가장 사랑받았던 곡 중 하나죠. 목형규의 〈사랑은 언제나 여름비처럼〉……

"아 나 얘 딱 싫더라."

– ……대학 바이러스생명공학과 김형준 박사님 모시고 이야기 듣겠습니다. 박사님, 현재 오염 상태는 어떤……

– 안전 고글은 삼일! 가볍고 튼튼한 삼일 안전 고글로 안전한 생활……

– 폭발을 일으킨 제3생화학무기공장 책임자의 처벌과 정부의 후속 대처를 촉구하는 시위가 벌어지고 있는 가운데, 시위 희생자는 육백서른세 명으로 늘었습……

- 사연 보내주셨습니다. 안녕하세요, 저는 경기도에 살고 있는 스물한 살 박은비라고 합니다.

"오, 이거 듣자."

대학에 입학한 지 1년이 채 안 됐을 때 대재앙이 터졌습니다. 이제 막 얼굴을 익힌 친구들 이름도 가물가물하네요. 모든 것이 올 스톱된 일상 속에서 겨우 하나 마련한 안전 고글을 온 가족이 돌려 쓰고 있습니다. 저희는 세 식구라 하루에 30분 정도씩 쓸 수 있어서 이 사연도 급하게 쓰느라 횡설수설하네요. 대재앙 직전에 친구들과 엠티를 가기로 했었는데, 이제는 개안 금지가 풀린다고 해도 어디로 갈 수 있을지 모르겠어요. 바깥은 전부 황폐해졌으니 말이에요. 그래도 언젠가는 다시 산으로, 바다로 놀러 갈 수 있는 날이 오겠죠? 그날을 손꼽아 기다리며 펜을 놓습니다.

"그래도 얘네 집은 좋겠다, 안전 고글도 있고."

"그러게. 대학 생활도 1년이지만 해봤고, 할 거 다 했네 뭐."

　네, 박은비 님 사연 잘 들었습니다. 은비 님 말씀대로 빨리 그날이 왔으면 좋겠네요. 박은비 님 댁으로 즉석 반찬 5종 세트 보내드릴게요. 그럼 다음 사연……

"즉석 반찬 5종이래. 뭘까?"
"뭐, 마른반찬 같은 거겠지. 이제 끈다. 전기 아끼자."
"응."

*

"원아?"
"응, 나 여기 있어."
"몇 시야? 시간 다 되지 않았어?"
"어, 그러게. 보자…… 8시 34분이야!"

"앗, 놓칠 뻔했잖아! 시계 잘 만지고 있으라니까."

"미안, 초 셀게. 34분 40초, 41초, 42초……."

"아, 드디어 눈 뜬다! 나 벌써 안대 풀 준비 다 했어."

"53, 54, 55, 56, 57, 58, 59!"

이윽고, 천장에 달린 스피커에서 사이렌이 요란하게 울렸다. 원과 유미는 천천히 눈을 떴다.

곧바로 눈시울이 시큰거리며 눈물이 핑 돌았지만, 둘은 눈을 감지 않았다. 오히려 힘주어 눈을 더 크게 뜨며 두 사람은 서로의 얼굴부터 찾았다. 둘 다 눈언저리에 보호 안대 자국이 시뻘겋게 남아 있었다. 상대방의 부스스하고 꾀죄죄한 얼굴을 원과 유미는 잠시 말없이 바라보았다.

"그래, 우리 원이 이렇게 생겼었지."

"야, 하루에 한 번은 보는데 뭘 잊어버린 것처럼 말해."

"나만 그래? 눈 감고 네 얼굴 생각하면 자꾸 조금씩 바뀌어. 기억이 마음대로 조작되는 것처럼. 그러다가 이렇게 눈 뜨고 보면 그래, 이렇게 생겼었지 싶은 거."

"하긴 나도 그래. 우리 유미 이렇게 생겼었지. 동글동글 토실토실."

"야, 토실토실은 빼."

둘은 손을 마주 잡으며 동시에 시계를 보았다. 점자와 디지털이 함께 붙어 있는, 대재앙 이후 출시된 시계는 벌써 1분이 지났음을 알리고 있었다.

"앗! 4분밖에 안 남았어. 뭐 할래? 빨리 뭔가 하자."

"음, 창밖을 보자. 창밖이라도 볼래."

"그래, 가자."

두 사람은 손을 잡은 채 창가로 걸어갔다. 원이 커튼을 열었다. 황량한 거리가 드러나며 태양광 가로등 빛이 쏟아져 들어왔다. 흐릿한 빛이었지만, 어둠에 눈이 익은 두 사람은 동시에 눈가를 찌푸렸다.

"뭐 보여?"

"아니."

유미가 창문에 바짝 붙은 채 말했다. 유미의 입김이 창문에 뿌연 얼룩을 만들었다. 손차양을 한 원이 유미 옆에 서서 먼 곳을 내다보았다. 지나가는 사람, 차 한 대 없는 텅 빈 거리엔 이미 예전에 말라 죽어 을씨년스러운 나뭇등걸만 남은 가로수들이 귀신처럼 그림자를 드리우고 있었다. 그 등걸을 뿌연 안개 같은 것이 감싸며 휘돌고 있었다. 아마도 유독한 바이러스가 가득할 밤바람이.

"맨날 보는데 맨날 똑같아."

"맨날 똑같은데 왜 맨날 보자고 하냐."

"그러게. 근데 있잖아."

유미가 원의 귓가에 대고 말했다.

"이 창밖 풍경을 보면 말야. 꼭 이 세상에 우리만 남은 게 아닐까 싶어. 사실은 모두 이미 죽은 거야, 대재앙 때. 우리만 운 좋게 살아남은 거지."

"나도 그런 생각 하는데."

원이 신경질적으로 웃었다. 시계를 보지 않아도 알 수 있었다. 이제 시간이 얼마 남지 않았다는 것을. 유미가 창문에서 물러서자 원이 커튼을 다시 닫았다. 그것을 신호로, 두 사람은 약속이나 한 듯 눈을 꼭 감고 잡았던 손을 놓았다. 이제부터 손은 앞을 더듬는 데 써야 했으므로.

잠시 후, 사이렌이 다시 한번 길게 울렸다.

투데이즈무드

오전 7시, 눈을 뜨자마자 현관문 앞을 확인한다. 얌전히 놓여 있는 분홍빛 상자를 가뜬히 안아 올려 집 안으로 들여놓는다. 오른쪽 집 문 앞에도 내 것과 같은 상자가 있는 걸 보니 저 집도 드디어 시작한 모양이지, '투데이즈무드'를. 상자를 현관에 놔둔 채로 출근 준비를 한다. 8시면 집에서 나가야 하니까 상자는 7시 55분에 열면 딱 좋다. 상자를 받는 시간은 마음대로 지정할 수 있지만 주로 아침, 출근 시간 전에 받아보는 이들이 대부분이다. 아무래도 이거 없이는 하루를 시작하기가 힘드니까.

상자를 열어보는 것은 모든 출근 준비를 완벽하게 마친

직후다. 버스카드는 왼쪽 주머니에, 마스크는 오른쪽 주머니에 잘 들어 있는지 확인. 그러고 나면 경건한 마음으로 상자를 들어 식탁 위에 올려놓고 테이프를 쭉 가른다. 택배 상자를 열면 드디어 그것이 모습을 드러낸다. 하트 모양의 밝은 분홍색에 보송보송한 벨벳 같은 촉감이 꼭 누군가의 심장 같기도 하고, 살아 있는 귀여운 생물체 같기도 한 그것. 그 모습을 감상하며 숨을 크게 들이마신다. 상자 틈에 손가락을 넣고 하나, 둘, 셋! 뚜껑을 활짝 여는 동시에 상자 안에 얼굴을 확 밀어 넣는다. 상큼하고 달콤한 향기가 끈적한 액체처럼 코로 밀려든다. 잠시 그대로, 천천히 숨을 들이쉬고 내뱉는다. 어디 보자, 오늘은 무르익은 자두랑 햇빛에 잘 마른 짚단 냄새, 초콜릿쿠키 냄새, 마지막엔 실내 수영장에서 실컷 놀고 난 뒤 노곤한 몸에서 나는 수영장 냄새도 좀 섞인 것 같고. 흠흠! 상자 안에 들어 있는 기체분자를 하나도 놓치지 않고 코점막에 붙이기 위해 열심히 코를 킁킁댄다. 코가 맹맹해져 아무 냄새도 맡지 못할 때까지 상자 안에 얼굴을 쑤셔 박고 반복. 꼭 하트 모양의 분홍 에이리언에게 잡아먹히고 있는 것 같은 모양새긴 하지만, 손끝부터 발끝까지 행복이 차오른다. 기분 최고!

얼굴에서 상자를 떼어내고 나면 8시 정각이다. 즐거운 마음으로 집을 나선다. 바람은 더 상쾌할 수 없이 상쾌하고 햇살은 더 밝을 수 없이 밝다. 왼발, 오른발, 오른발 한 번 더, 탭댄스를 추며 걸어간다. 전혀 이상해 보이지 않는다. 버스 정류장에 다다르기까지 내가 보는 거의 모든 사람이 나와 비슷한 걸음걸이로 걷고 있으니까. 내 옆에 서서 버스를 기다리는 사람은 낮게 콧노래를 부르고 그 옆 사람은 미소가 가득한 얼굴로 셀카를 찍는다. 아름다운 지구, 사랑하는 회사, 오늘도 열심히 일해야지!

회사에 도착하고 나서도 즐거운 기분은 좀처럼 가라앉지 않는다. 사람마다 다르다고는 하지만, 보통은 아침에 상자를 열면 적어도 그날 저녁까지는 행복감이 지속된다. 자리에 가방을 내려놓고 둘러보니 이르게 출근해 앉아 있는 팀원들의 얼굴도 하나같이 밝다. 우리 팀 사람들은 모두 투데이즈무드를 구독하고 있으니까. 팀장이 아침 인사 대신 밝게 말을 건다.

"대리님, 오늘 거 너무 좋지 않았어?"

"와, 진짜 너무 좋았어요. 저 완전 코에 집어넣을 기세였잖아요."

"난 택배 상자도 버리기 아까워서, 구독 첫날부터 빈 상자 다 모아놨다니까."

컴퓨터가 경쾌한 비프음을 내며 켜진다. 항상 이곳에 있는 데다 버튼만 누르면 켜진다니, 이토록 성실하고 근면한 존재가 또 있을까! 컴퓨터 같은 사람이 되어야겠다. 원래 세상 모든 것에 감사와 사랑을 느끼는 게 투데이즈무드 분홍 상자의 효과 중 하나긴 하지만, 이 감정은 꼭 내가 스스로 불러일으킨 것처럼 진실하게 느껴진다. 나는 이 회사에 필요한 사람이고 모두에게 사랑받고 인정받는 사람이다. 이제 오늘의 일을 시작해야지.

"그런데 오늘 박 대리님 연차예요?"

누군가 묻는다. 그제야 옆자리를 보니 정말 없다, 박 대리가. 어쩐지 뭔가 허전하다 싶었는데 기분이 너무 좋아 미처 보지 못했던 것 같다.

"으응, 오늘 아침에 연락받았어. 연차 내겠다고."

파티션 너머로 곤란한 표정을 한 팀장이 말한다. 이어서 소곤소곤 덧붙인다.

"또 파란 상자 걸렸대. 어떻게 사흘 연속 파란 상자가."

팀원들의 얼굴이 확 질린다. 연달아 파란 상자를 받는 건 인터넷에서나 본 이야기인 줄 알았는데 그게 내 옆자리 박 대리한테 일어난 일이라니, 게다가 세 번씩이나? 팔의 솜털이 쭈뼛 설 만큼 소름이 끼친다. 다들 그랬는지 저마다 벗은 팔을 문지르며 미간을 찡그린다.

"어떡해요. 너무 걱정돼요."

"나 박 대리가 추천해서 '투무' 구독 시작한 건데. 이렇게 돼서 어떡해."

다들 한마디씩 보탠다. 파란 상자라니 생각만 해도 끔찍하다. 그러나 이 끔찍한 기분은 얼마 가지 않아 즐거움으로 바뀐다. 물론 이것도 분홍 상자 덕분이다. 박 대리에게 불행한 일이 생긴 건 사실이지만, 그건 내가 아니라 박 대리니까. 어쩌면 내가 받을 수도 있었던 건데, 난 역시 운이 좋아! 거기까지 생각하자 금세 마음이 훈훈해진다. 끔찍한 일은 어서 잊고 이 행운 가득한 하루를 만끽해야지. 다들 같은 생각이었는지 구겨졌던 얼굴이 오래가지 않는다. 올라간 입꼬리를 각자의 모니터 뒤로 감추며 오늘의 업무를 시작한다.

투데이즈무드는 작년에 론칭하여 벌써 국내 구독자가 500만 명이 넘은 '기분 구독 서비스'로, 구독자라면 꼭 지켜야 하는 강력한 세 가지 룰이 있다. 매달 50만 원인 정기 구독료를 한 번이라도 연체하면 두 번 다시는 구독 신청을 할 수 없다는 것, 매일 받아보는 '기분 상자'는 긍정적인 기분이 들어 있는 분홍 상자와 부정적인 기분이 들어 있는 파란 상자 중 무작위로 배송된다는 것, 받은 상자가 무엇이든 간에 무조건 열어 체험해야 한다는 것이 그

것이다. 상자 안에 들어 있는 기체 성분이 한 달 치를 미리 계산해 그 효과가 꼬리에 꼬리를 물고 발생하도록 만들어졌기 때문에, 오늘 받아본 상자를 체험하지 않으면 다음 날 받은 상자를 열어도 아무 기분도 느낄 수 없도록 되어 있다. 때문에 파란 상자를 받더라도 어쩔 수 없이 상자를 열어야만 한다. 물론 분홍 상자가 파란 상자보다 훨씬 높은 비율로 구성되어 있긴 하지만. 나도 파란 상자를 받아본 적이 한 번 있다. 처음에는 드디어 내게도 올 것이 왔구나! 싶어 사진을 찍어 SNS에 올리는 등 호들갑을 떨었지만 상자를 열어본 뒤엔 얘기가 달라졌다. 그날 파란 상자에서 느낀 기분은 평생 다시는 느끼고 싶지 않은 끔찍한 것이었다. 온 세상이 내게 등을 돌리고 내가 사랑하던 모든 것이 나를 저주하는 듯한 기분, 앞으로 아무것도 성취하지 못하고 숨만 붙어 있는 고깃덩이 같은 상태로 평생을 살아가야 하리라는 강렬한 예감. 그날은 오전 내내 울기만 했고 오후에는 울 기운도 없어 그저 기대앉아 멍하니 고통을 견디며 하루를 보냈다. 그대로 밤을 꼴딱

새우며 다음 날 아침에 올 분홍 상자를 기다린 건 물론이다. 마침내 7시 정각에 문 앞에서 인기척을 들었을 때는 무인도에서 사람 소리를 들은 것처럼 반가웠고 동시에 불안해 미칠 것 같았다. 또 파란색이면 어쩌지? 현관문을 열자마자 그 자리에서 미친 사람처럼 택배 상자를 뜯어 발겼다. 아침 햇살에 빛나고 있는 상자가 분홍색임을 확인한 뒤, 무릎이 탁 풀려 그대로 현관에 주저앉았던 기억이 난다. 파란 상자를 연달아 받은 적은 없었지만 만약 그런 일이 생긴다면 나도 제정신을 유지하기 힘들 것 같긴 했다.

"박 대리, 카톡 안 보네."

점심을 먹고 돌아오는 길, 팀장이 슬쩍 박 대리 이야기를 꺼낸다. 재잘거리던 팀원들의 입이 뚝 멈춘다.

"이 시간까지 자고 있을 사람은 아닌데 연락이 없어."

팀장이 휴대폰 화면을 들여다보며 걱정스럽게 말하지만 아무도 바로 대꾸하지 않는다. 불편한 분위기가 감돈다. 방금까지 우리는 오늘 먹은 점심 메뉴를 신나게 찬양하고 있었다. 일주일에 두 번은 가는 쌀국숫집이긴 했으나 오늘 국물은 특별히 맛있었고 사장님도 무진장 친절했다. 쌀국숫집 사장님도 투무 구독자인 게 분명하다. 구독자들끼리는 단박에 알 수 있다. 저 사람도 오늘 아침 분홍 상자의 축복을 받으며 하루를 시작했으리라는 걸.

"뭐, 별일이야 있겠어요?"

"설마 내일도 파란 상자일 리는 없겠죠. 오늘만 어떻게 잘 견디면……."

"그럴 땐 그냥 술 퍼마시고 자버리는 게 최고야. 아마 박 대리도 지금 술 먹고 있을걸?"

"저는 잠도 안 오더라구요. 하루 종일 영화 보면서 울었어요."

"전 아직 한 번도 안 받아봐서 좀 궁금하기도 해요. 대체 어떻길래 그래요?"

투무 구독을 시작한 지 얼마 되지 않은 팀원이 묻자 모두 표정이 어두워진다.

"……비유하자면, 심해 밑바닥에 가라앉아서 다시는 떠오를 수 없을 것 같은 기분이랄까."

"……난 내가 이미 죽어 있다고 생각했어. 죽었는데 아무도 내가 죽었는지 모른다고."

"……우리 다른 얘기 하자."

누군가 황급히 말을 끊는다. 이어서 두서없는 이야기들이 오고 간다. 어제 본 드라마 이야기, 주말에 갔던 관광지 이야기가 나오고 우리는 금방 다시 기분이 좋아진다.

"대박!"

살짝 무료한 오후 4시의 사무실에 비명이 울려 퍼진다. 모두 깜짝 놀라 소리의 진원지를 쳐다본다. 김 주임이 모니터를 노려보며 경악하고 있다.

"뭐야? 뭔데?"

모두가 김 주임의 모니터 앞으로 모여든다. 뉴스 속보 영상이 생방송되고 있다. 화면 아래쪽에 흘러가고 있는 자막을 누군가 소리 내어 읽는다.

"종로 투데이즈무드 본사에서 투신 소동, 진압 어려워."

헬리 캠이 고층 건물 옥상을 빙빙 돌며 중계하고 있다. 투데이즈무드의 익숙한 T 자 로고 간판 끄트머리와 함께, 옥상 난간에 머리를 산발하고 맨발로 매달리다시피 한 여자가 보인다. 얼굴은 모자이크로 가렸지만 모두 단박에 저 여자가 누군지 알아차린다.

"박 대리님 아냐?"

"박 대리 맞아!"

모여 선 이들은 벌어진 입을 다물지 못한다. 경찰차와 소방차가 주변을 에워싼 가운데, 카메라는 혹시 모를 상황을 대비해 빌딩 아래에 설치되고 있는 에어 매트를 비춘다. 화면 아래쪽에 흘러가는 자막이 바뀐다. 이번에는 내가 따라 읽는다.

"삼십대 박 모 씨, 투데이즈무드 구독자로 밝혀져······ 파란 상자 연달아 받아 억하심정······."

강풍에 박 대리의 머리가 흩날린다. 난간 바깥쪽 가장

자리에 위태로이 선 모양이 금방이라도 떨어질 것만 같다. 빌딩 아래, 사람들이 와글와글 몰려선 곳에서 경찰이 메가폰을 쥐고 뭐라고 떠든다. 내려오라고 하는 것 같다. 하지만 소용없으리라는 걸 모두가 안다. 박 대리가 오늘 아침에도 파란 상자를 열었다면.

"어!"

누군가 내지른 소리와 동시에, 박 대리가 풀쩍 허공으로 날아오른다.

온 인터넷이 박 대리 얘기로 뜨겁다. 그 사건 이후로 실시간검색어 1위는 내내 '투데이즈무드'다. 쏟아지는 온갖 기사들을 퇴근길 지하철에 선 채로 읽는다. 포털 기사 댓글에선 대체 저게 뭐길래 사람을 저렇게까지 몰아가느냐는 '비구독자'들과, 파란 상자를 사흘 연속으로 받았으니 당연히 그럴 만도 하다는 '구독자'들의 의견 대립이 팽팽하다. 투데이즈무드사의 노이즈마케팅 전략이라는 주장도 있다. 기발한 생각인데? 니는 미소 지으며 댓글창을 쭉쭉 아래로 내린다. 개중 한 댓글이 눈길을 끈다.

　　왜 돈 주고 불행을 구독해야 되지? 분홍 상자만 보내줄

수도 있는 거 아닌가?

여기에 누군가 답글로 캡처 사진을 하나 달아놓았다.
투데이즈무드 홈페이지의 '기업 모토' 부분이다. 거기에
는 예쁜 분홍색 폰트로 다음과 같이 쓰여 있다.

매일 행복하기만 하다면, 과연 그 행복을 제대로 느낄 수 있
을까요? 행복은 불행 뒤에 찾아와야 그 진가를 알 수 있습
니다. 투데이즈무드는 행복을 극대화하기 위해 가끔씩 불
행을 보내드리기도 합니다. 하지만 걱정하지 마세요! 오늘
불행했다면, 내일은 틀림없이 더 행복할 테니까요.

확실히 맞는 말이다. 물론 연달아 불행을 받은 박 대리

는 좀 재수가 없는 케이스긴 하지만, 꾹 참고 내일을 기다렸다면 또 달랐을지 모른다. 다음 날 아침 현관에 놓여 있는 분홍 상자를 보면 그동안의 불운은 행복을 증폭시키는 촉매제가 되었을 테니까. 인생이 다 그렇게 이루어져 있는 거 아닌가. 행복했다 불행했다 하지만 굳이 따지자면 행복이 불행보다는 좀 더 많은 그런 구성으로. 나는 댓글창을 열고 방금 나의 깨달음을 다음과 같이 남긴다.

아이고…… 조금만 참지. 젊은 분이 순간의 선택으로 섣부른 판단을 했네요. 세상은 그렇게 불행한 곳만은 아닌데. 조금만 참으면 좋은 날이 올 텐데요.

어느새 지하철이 내릴 역에 도착한다. 사람들 틈에 끼어 역 출구를 나서자 서늘한 저녁 바람이 기분 좋게 얼굴을 스친다. 불을 환히 켠 가게들, 두런거리는 사람들, 가로등 밑 꽃들과 날벌레들. 세상은 이토록 아름다운 것으로 구성되어 있다.

내일은 다 같이 연차를 내고 박 대리의 문병을 가기로 했다. 다행히 에어 매트 위에 떨어졌다지만, 뼈 여러 곳이 부러져 입원했기 때문이다. 팀장이 아침 일찍 박 대리의 집에 들러 상자를 가져다주기로 했다. 설마 이번에는 분홍색이겠지, 사람이 죽으라는 법은 없으니까.

나는 콧노래를 부르며 걷는다. 왼발, 오른발, 오른발을 한 번 더.

웨하스 소년

광역버스에 오르자 기사가 놀란 눈으로 나를 쳐다보았다. 익숙한 일이었다. 나는 태연하게 물었다. "이거 강남역 가죠?" 그러고는 기사가 고개를 끄덕이기도 전에 버스카드를 찍었다. 좁은 통로를 비틀거리며 걸어가는 동안 온 사람이 내 등 뒤를 빤히 쳐다보았다. 나는 최대한 아무렇지 않은 표정을 지으며 버스 끝까지 나아갔다. 두 자리가 빈 좌석을 택해 창가 쪽에 기대앉았다. 어차피 내 옆에 앉을 사람은 없을 테니까.

건너편 통로에 앉은 아주머니가 나를 뚫어져라 보고 있었다. 평소 같았으면 더는 참지 못하고 쏘아붙였을 것이다. '뭘 봐요, 날개 달린 사람 처음 봐요?' 하고. 하지만 오늘은 좋은 날이니까. 행운이 필요한 날이니까. 쓸데없는 말다툼은 좋지 않았다. 나는 가방을 품에 안고 창밖으로 고개를 돌렸다. 그때였다. 아주머니가 상체를 쑥 내밀며 말을 걸어온 건.

"혹시, 웨하스 소년 아니에요?"

나는 긍정도 부정도 하지 않은 채 이어폰을 고쳐 꼈다.

T 제과 웨하스 광고에 나온 건 내가 다섯 살 때의 일이다. "바삭바사악한 얇은 과자에 부드으으러운 크림이 두 겹, 바삭해서 행복 달콤해서 행복." 아직도 그 노래가 귀에 끈적끈적하게 달라붙어 있는 느낌이다. 그 광고에서 나는 하늘하늘한 원피스에 곱슬곱슬한 파마머리의 아기 천사 분장을 하고 나타난다. 존재감에 비해 하는 일은 거의 없었다. 내 역할은 웨하스를 한 입 먹고 눈이 동그래져 제자리에서 포르르 날아오르는 게 전부였다. 이윽고 카메라는 내 날개와 포동한 뒤태를 화면 가득 클로즈업하고,

그 가운데 T 웨하스 로고가 빙글빙글 돈다. 끝.

이 광고가 광고 역사에 길이길이 남을 공전의 히트를 친 건 물론 내 덕분이다. 그 광고를 찍은 이후 나는 '웨하스 소년'이라는 별칭을 얻었다. 여고생들은 내 사진을 코팅해서 가방에 걸고 다녔고 내가 입었던 원피스는 엄마들 사이에서 불티나게 팔렸다. 나는 대통령 부부도 만났다. 아직 몸집이 작아 날 수 있을 때였으므로 가능한 일이었다. 예쁘게 차려입고 영부인의 주위를 날아다니는 내 영상은 아직도 인터넷에 남아 있다. 어느 검색엔진에든 '웨하스 소년'이라고 검색하기만 하면 된다.

그 광고 덕택에 내 아역배우로서의 삶은 탄탄대로였다. 세제 광고, 아동복 광고, 유아용 음료 광고를 통해 제대로 스타성을 입증한 뒤에는 드라마에까지 등장했다. 당시 시청률 1위를 구가하던 수목드라마였는데, 날개를 달고 태어나 파란만장한 삶을 살다 나중에 정치계에 입문하게 되는 남자주인공의 아역이 내 몫이었다. 당시에는 이미 열 살이었으므로 더 이상 아기 때처럼 높이 날 수는 없어 와이어의 도움을 조금 받아야 했다.

그렇다. 몸이 자라면 날개도 따라서 자라지만 그렇다고 해서 계속 날 수 있는 건 아니다. 날 수 있는 건 아기적, 몸이 가벼울 때뿐이다. 내가 완전히 날 수 없게 된 것은, 그러니까 아무리 날개를 퍼덕여도 땅에서 1센티미터도 떠오를 수 없게 된 것은 열다섯 살 때였다. 마침 그때쯤 내가 할 수 있는 배역에도 한계점이 오기 시작했다. 날개를 달고 태어난 사람들은 날개 무게 때문에 키가 잘 자라지 않는다지만, 아무리 그래도 목소리가 변하고 수염도 거뭇해진 중학교 2학년짜리는 아기 천사를 연기하기에 무리가 있었다. 그렇다고 날개를 단 채로 일반적인 배역을 맡을 수도 없었다. 결국 나는 조금씩 잊히고 말았다.

그리고 지금, 나는 스물두 살의 날개 달린 사람이다.

그 외에는 아무것도 아니다.

말해두지만, 나는 배우가 되고 싶다는 생각은 꿈에도

한 적이 없었다. 굳이 말하자면 내 장래 희망은 처음엔 우주비행사였다. 하지만 날개 달린 사람들을 위한 우주복은 없다는 걸 알게 된 뒤론 그럼 그걸 개발해야겠다 싶어 우주항공과학자로 노선을 바꿨다. 학교 다닐 땐 과학 시간에 꽤나 열심히 공부했던 기억도 있다. 내 날개가 칠판을 가린다는 반 아이들의 원성 때문에 매번 맨 뒷자리에 앉아야 했지만.

그러나 엄마는 내가 배우가 되길 바랐다. 아니, 배우가 아니라 뭐든 좋으니 텔레비전에 계속 얼굴을 비추고 살기를 원했다. 그건 내가 '웨하스 소년'이던 시절 엄마가 시작했던 사업과 관련이 있다. 내가 태어나기 전부터 엄마는 학교 앞에서 작은 분식집을 하고 있었다. '또또분식'이라는 이름이었던 그 가게는 내가 웨하스 소년이 되고부터 더 이상 작은 가게가 아니게 되었다. 내가 유명해지자 나를 보려고 사람들이 가게로 몰려왔고 엄마는 아예 양옆에 있던 세탁소와 옷 가게를 사들여 분식집을 크게 키웠다. 그러고는 웨하스 광고 영상에서 캡처한 사진으로 만든 등신대도 놓아두고 온갖 사진도 덕지덕지 붙여놓았다. 나중에는 숫제 '웨하스 소년의 집'이라고 쓰인 현수막까지 걸었다. 어린 나이에도 나는 그게 좀 민망하다고 생각했다. 또또분식에서 파는 떡볶이, 김밥, 순대, 어묵과 웨하스 소년은 아무런 상관이 없었으니까. 하지만 사람들은 별로 신경 쓰지 않았다. 우르르 몰려와 분식을 주문했고 날아다니며 서빙을 하는 어린 나를 구경하면서 사진을 찍을 따름이었다.

나는 학교 가는 시간과 촬영 시간을 제외한 모든 시간에 또또분식에 있었다. 아기 때에야 일하는 엄마 말고는 날 돌봐줄 사람이 없었으므로 어쩔 수 없이 가게로 갈 수밖에 없었지만, 초등학교에 입학하고부턴 나도 또래들처럼 피아노학원이나 태권도학원에 다니고 싶었으나 엄마는 보내주지 않았다. 그런 얘기를 꺼낼 때마다 엄마는 날개 달린 아기를 낳느라 자신이 얼마나 힘들었는지에 관해 이야기해서 내 입을 막곤 했다. 나오면서 날개가 입구에 걸리는 바람에 급히 입구를 찢어내야 했다는 얘기였다. 나는 그 얘기를 들을 때마다 좁은 통로에 몸이 꽉 끼이는 듯한 느낌을 받았다.

그 느낌은 내가 점점 나이를 먹으며 날 수 없게 되었을 즈음 더 심해졌다. 또또분식은 이제 직원이 스무 명가량 되는 거대 분식 체인점이 되었다. 규모와 웨이팅에 비해 맛은 그저 그렇다는 평가였지만 사람들은 여전히 또또분식에 몰려왔고, 그건 날개를 달고 날아다니는 귀여운 소년의 서빙을 받기 위함이었다. 그런데 정작 그들이 와서 본 것은 시꺼먼 중학생이 거추장스러운 날개를 달고 뒤뚱거리며 인파를 헤치고 걸어 다니는 모습뿐이었다. 사람들은 대놓고 불만스러워했다.

"왜 멀쩡한 날개를 두고 걸어 다녀요? 좀 날아봐요!"

"여보세요? 어, 여기 지금 또또분식 왔는데 얘 안 날아다니는데?"

"드라마에선 잘 날던데, 왜 안 날아요?"

그냥 등에 써 붙여 다니고 싶었다. 드라마에선 와이어를 쓴 거라고. 하루에도 같은 설명을 수십 번 하다 지쳐

나는 점점 말수를 잃어갔다. 엄마는 날지 못할 거면 제발 표정이라도 풀고 다니라고 말했지만 누가 그럴 수 있을까. 학교가 끝나자마자 분식집 앞치마를 두르고 날개로 사람들을 헤쳐 가며 서빙을 하다 지쳐 곯아떨어지는 삶을 산다면.

그러던 어느 날, 가뜩이나 바쁜 토요일이었던 걸로 기억한다. 정신없이 서빙을 하고 있는데 한 무리의 일행이 내게 또 같은 질문을 했다. 왜 날아다니지 않느냐고. 나는 주변이 시끄러워 못 들은 척하고 자리를 뜨려고 했다. 그런데 그 테이블에 있던 사람 중 한 명이 내 옷깃을 붙잡았다. 그러고는 큰 소리로 외쳤다.

"날아라! 날아라! 날아라! 날아라!"

테이블을 두드리며 박자를 맞추어 외치는 그 소리를 일행들이 복창했고, 곧이어 옆 테이블이, 그 옆 테이블이 따라 했다. 순식간에 드넓은 또또분식 전체가 "날아라!" 하는 외침으로 가득 찼다. 모두가 나를 보고 있었다. 나는 절망스러운 얼굴을 하고 엄마가 있는 주방 쪽을 바라보았다. 그런데 엄마는 거기 없었다. 분명 방금 전까지 떡볶이 냄비를 젓고 있는 걸 봤는데도. 나는 뒷걸음질 치며 더 듬거렸다.

"저, 저는 날 수가 없어요. 이미 못 날게 된 지 몇 년이나 지났다고요."

"날아라! 날아라! 날아라!"

어떻게 했어야 할까.

그러니까 그때 손에 들고 있던 순대 접시를 내려놓고 빈 테이블 위에 올라간 건, 거기서 웃통을 벗고 날개를 활짝 드러낸 건 순전히 객기에서 비롯된 일이었다. 나는 제자리에 서서 날개를 힘껏 푸드덕거리며 사방을 돌아보았다. 모두 환호성을 지르며 나를 바라보고 있었다. 나를 향해 들이밀어진 휴대폰 카메라가 50대, 아니 100대는 되어 보였다. 그 앞에서 나는 뛰었다. 펄쩍, 완벽한 포물선을 그리면서. 그리고 뛰는 순간에야 내가 왜 뛰고 있는지를 깨달았다. 앞으로 다시는 없을 것이다, 내게 왜 날지 않느냐고 묻는 사람 따위는.

사실 아까 언급한 대로 검색엔진에 '웨하스 소년'을 검색한다면 최상단에 뜨는 영상은 바로 누군가가 찍어 올린 그날의 영상이다. 그러니 그 뒤로 어떤 일이 벌어졌는지 궁금하다면 그냥 영상을 끝까지 보면 된다. 119 구급대가 도착하기 전까지 반쯤 익은 얼굴로 얼이 빠져 홀 바닥에 주저앉아 있는 내 모습밖에 안 나올 테지만. 원래도 드물었던 텔레비전 출연은 그날 이후로는 거의 불가능해졌다. 하필이면 부글부글 끓고 있던 즉석 떡볶이 냄비에 얼굴을 정통으로 처박은 탓에, 이마빡이며 볼에 우둘투둘한 화상 흉터가 생겼기 때문이다.

아무튼 일은 그렇게 되었다.

하나 다행스러운 점이 있긴 했다. 그날 이후로 나는 또또분식에 나가지 않게 됐다. 고등학생 때의 일이다. 얼굴의 화상을 치료하고 나서 나는 갑작스럽게 자유로워졌다. 엄마는 내게 이제 마음대로 살라고 말했다. 굉장히 선심을 쓰듯 한 말이었는데 오히려 그 말을 들으니 막막해졌다. 내가 뭘 할 수 있을까. 적어도 이미 우주항공과학자가 될 수 없다는 사실은 너무나 잘 알고 있었다. 성적은 바닥, 관심 있는 것도 좋아하는 것도 없는 고등학생. 게다가 등짝에는 거추장스러운 날개까지 달려 있는.

내가 내 날개에 대해 진지하게 생각해본 건 그때가 처음이었다. 나는 왜 이런 것을 달고 태어났을까. 그냥 재수 없게 등에 뭐가 하나 더 붙었다고 치부하기엔 내 인생은 이것 때문에 완전히 어그러지고 말았다. 어렸을 때야 날아다녔지만 지금은 쓸모없는 살덩어리에 불과한 날개. 아니, 이게 날개가 맞긴 할까. 내 등에 달려 있는 이건 도대체 뭘까. 무엇에 쓰라고 있는 것일까. 머리가 빠개지도록 생각했지만 알 수 없었다. 단 하나 떠올려낸 것은, 날 수 있던 시절에도 나는 날아다니는 것을 그다지 좋아하지 않았다는 사실이었다.

강남역에 내리자마자 나는 일직선으로 걸었다. 익숙한 건물에 들어선 뒤 엘리베이터를 탔다. 거울을 보지 않도록 조심했다. 하필 이어폰에서는 레이디 가가의 〈본 디스 웨이Born This Way〉기 나오고 있었다. "난 이대로 아름다위. 신은 실수하지 않으니까. 난 제대로 가고 있어, 베이비…….” 그렇다. 신은 실수하지 않는다. 내 등짝에 날개를 달아놓은 대신 그걸 떼어줄 성형외과 의사도 창조하셨으니까.

등 뒤가 훤히 트인 수술복으로 갈아입고 수술대에 엎드렸을 때도 전혀 무섭지 않았다. 침대 옆에 선 간호사가 설명했다. 수술은 전신마취로 진행될 것이며 흉터가 남을 수 있다고. 나는 고개를 끄덕였다. 그때 마취제가 든 주사기를 들고 다가온 다른 간호사가 나를 빤히 내려다보다가 문득 물었다.

“저, 실례지만…… 웨하스 소년, 아니세요?”

나는 대답하지 않고 눈을 감았다. 이제 눈을 뜨면 날개 따위는 없을 것이다. 날개 없는 몸. 그 몸으로 여길 나가면 제일 먼저 뭘 해볼까. 뭘 할 수 있을까. 링거에 마취제 주삿바늘이 꽂히는 것을 느낌으로 알 수 있었다. 곧이어 차가운 느낌이 왼팔부터 시작해 온몸으로 퍼졌다. 잠들기 전에 생각해야 해, 생각해…… 생…… 각…….

그러나 잠들기 직전, 내가 마지막으로 떠올린 것은 이상하게도 입안 가득 퍼지는 웨하스의 맛이었다. '젠장, 웨하스는 이제 잊어, 제발!' 나는 아득해져가는 의식 너머로 소리쳤다. 그러나 이미 머릿속에서 노래는 시작되고 있었다. '바삭해서 행복 달콤해서 행복……'

시간 뜨개질

창문을 열었다. 차가운 바람이 훅 불어와 거실을 한 바퀴 휘돌았다. 앗 추워라, 나도 모르게 중얼거리며 잠옷 바람인 어깨를 감싸고 바깥을 내다보았다. 아파트 아래 잎을 거의 떨어뜨린 가로수들이 끝도 없이 펼쳐진 푸르고 맑은 하늘을 향해 가지를 뻗고 있었다. 그야말로 완연한 늦가을 아침, 코앞으로 다가온 겨울이 고스란히 느껴졌다. 나는 그대로 창가에 턱을 괸 채 한참 아래를 내려다보고 있었다. 뜨개실 가게에 가기 좋은 날이었다.

가게로 가는 버스 안에서 새삼 생각했다. 보자, 그러니까 뜨개질을 시작한 지 벌써 5년이 되었구나.

그동안 참으로 많은 것을 떴다. 처음으로 떴던 것은 누구나 그렇듯이 목도리였는데, 새하얗고 예쁜 실을 아낌없이 사용했으나 완성된 것은 폭닥한 걸레짝 같은 모양을 하고 있었다. 그래도 그것을 선물하자 나의 애인 원은 뛸 듯이 기뻐했고 몇 년 뒤 스키장에서 잃어버리기 전까지는 매년 겨울 꼬박꼬박 목에 둘러주었다. 그다음으로 뜬 것은 작은 곰 인형. 처음 잡아본 코바늘로 뜬 것이었고 눈을 이상한 곳에 달아 조금 기괴한 모양새였지만 이 녀석은 아직도 원의 백팩에 대롱대롱 달려 있다. 그다음은 갑자기 브이넥 조끼다. 목이며 소매 둘레 고무단이 축 늘어져 사 입는 것만은 못한 옷이 되었지만 어쨌든 대강 보기엔 꽤나 그럴듯한 것이 만들어졌다. 기왕 뜬 것 그대로 셔츠에 받쳐 입혀 일요일 성당 미사에 함께 갔었는데, 원에겐 다른 단정한 옷이 별로 없었으므로 이 조끼는 그대로 매주 미사 때마다 입는 옷이 되었다. 사람 옷을 한번 뜬 뒤로는 완전히 재미가 붙었다고나 할까. 스웨터는 여러 벌이나 떴고 숄이니 쿠션이니 손뜨개하는 사람들은 다 한 번씩 떠보는 그런 것들을 매년 늦가을부터 초봄까지는 꼭 뜨게 되었다.

뜨개실 가게에 가는 지금도 역시나 스웨터를 한 벌 뜨려고 벼르는 중이었다. 이미 예쁜 도안을 찾아둔 것은 물론이었다. 계절에 어울리는 눈꽃 무늬, 피부가 까만 원에겐 어두운 색깔이 어울리니 검정이나 남색이 좋겠지. 사이즈는 잴 필요도 없다. 원의 몸에 딱 맞는 사이즈며 게이지를 이미 다 알고 있으니까. 거기에 소매는 넓게, 밑단은 길게, 목은 넉넉하게. 그렇게만 떠주면 분명 예쁜데 편하기까지 하다며 좋아하고 자주 입어줄 것이다. 예쁜데 편하기까지 하다, 니터Knitter에겐 최고의 칭찬이 아닐 수 없다. 뭐, 입는 사람의 성격이 단순한 덕분이기도 하지만.

그러고 보니 뜨개를 시작한 지 5년째라면 원과도 벌써 5년째 만나고 있는 셈이다. 벌써 그렇게 되었나. 평생을 두고 보면 짧은 시간이지만 살아온 시간에 비례해 생각하면 꽤나 긴 시간이다. 참, 원과 처음 만난 것도 마침 이런 늦가을이었지. 무던하고 순한, 언제 보아도 귀여운 나의 애인 원을 생각하며 나는 망연히 버스 창밖을 바라보았다. 오랜 시간이 지났지만 변하지 않는 것도 있구나. 이 풍경과 나무들과 늦가을의 냄새, 뜨개실의 포근함과 하나의 옷을 다 짓고 난 뒤의 뿌듯함, 그리고 그것을 입어주는 사람까지도.

그런 생각을 하다 보니 어느새 버스는 나를 낯익은 정류장에 내려놓았다. 뜨개실 가게는 버스 정류장에서도 한참 들어간 곳에 있었다. 나는 손에 든 가방을 달랑거리며 익숙한 골목을 천천히 걸었다. 작년에는 원과 함께 왔었고 재작년에는 엄마와 왔었다. 원래 니터들은 각자 선호하는 뜨개실 가게가 있어 한곳에서만 실을 잣는 게 일반적인데 재작년엔 무슨 일이 있었더라, 아무튼 무슨 일 때문에 엄마가 다니는 가게가 문을 닫았고 그 덕분에 진귀한 구경을 할 수 있었다, 엄마가 실을 잣는 모습을. 내 뜨개질 선생님이기도 한 엄마는 옷은 물론 커튼이나 카펫 같은 대작도 수십 개를 만들어낸 뜨개질의 고수였고 그런 만큼 실 잣는 솜씨도 예사롭지 않았다. 뜨개실 가게 아주머니가 감탄할 만큼 아름다운 자세와 몸짓으로 한 타래를 한 번에 휘리릭, 그건 거의 예술의 경지였지.

그날 엄마가 자아낸 실은 아빠에 대한 기억이었다. 아빠가 돌아가신 뒤로 엄마는 오로지 아빠에 대한 기억으로만 실을 자았으니까. 그렇게까지 다정한 잉꼬부부였냐 하면 그건 또 아니었으나, 함께 살아온 세월이 길어서인가 아무리 뽑아내고 뽑아내도 엄마의 손끝에서 시작된 실은 작은 베개만 한 타래를 지을 때까지 계속 나왔다. 그날 엄마가 떠올린 기억은 아빠와의 신혼여행 때였다고 했다. 요새야 해외로 가는 게 일반적이지만 두 사람이 결혼할 당시엔 무조건 온양온천 아니면 부곡하와이였고, 아예 신혼여행을 생략하는 사람들도 많을 때였다. 그런데 두 사람의 신혼여행지는 제주도, 그것도 3박 4일이나 머물렀다나. 형편이 넉넉해서는 결코 아니었다. 연애 시절, 엄마가 제주도로 신혼여행을 간 친구가 부럽다며 한마디 했던 것을 기억한 아빠가 그날부터 차곡차곡 돈을 모아 몇 년 뒤에 진짜로 엄마를 제주도에 데려간 거였다.

평소 무뚝뚝하고 무드 없기로 유명했던 사람에겐 별일이 아닐 수 없었다.

나야 뭐 '아이고 징그러워' 하고 웃어넘겼던 이야기지만, 엄마에겐 그 기억이 얼마나 각별했는지 실을 잣는 모습을 보고서야 깨달았다. 그날 엄마가 자아낸 실은 정말로 아름다웠다. 가게에 찾아온 손님 모두가 경탄하며 그 장면을 지켜봤을 만큼. 엄마는 그 실로 겨울 내내 여러 가지 무늬의 모티브를 떴고 그것들을 이어 담요를 만들었다. 그러곤 이듬해 봄에 함께 아빠의 묘에 찾아가 그걸로 묘석 위를 덮어주었다. 아직 봄바람이 차다느니 하는 말을 서로 주고받으면서. 나도 한번 쓰다듬어본 그 담요는 부드럽고 따뜻했다. 덮으면 저절로 잠이 솔솔 올 것 같은, 평화롭고 예쁜 꿈을 내내 꾸면서 푹 잘 수 있을 것 같은 담요였다. 나도 언젠가는 그런 것을 뜰 수 있을까.

그런 생각을 하며 뜨개실 가게 앞에 도착했다. 가게는 열려 있었다. 슬쩍 안을 살펴보니 마침 다른 손님은 아무도 없었고 주인아주머니만이 뭔가를 열심히 뜨고 있었다. 문을 열자 딸랑, 가게 문에 달린 방울 소리에 아주머니가 고개를 들었다. 나를 알아본 얼굴이 금세 밝아졌다.

"아이고, 오랜만이네!"

"네, 오랜만이에요!"

가게 안으로 들어섰다. 네다섯 평짜리 가게 안에는 훈김이 가득했다. 가운데에 새빨갛게 달궈진 석유난로 때문이겠지. 난로 옆으로는 귤이 반쯤 들어 있는 상자가 놓였고 양쪽 벽으로는 딱 맞게 짜인 선반에 색색의 실타래가 빼곡했다. 거기에 아마도 주인아주머니의 솜씨일, 다양한 뜨개 작품들이 군데군데 아무렇게나 걸려 있었다. 가방부터 옷, 담요는 물론 누가 입을지 모르겠지만 수영복이며 웨딩드레스를 입은 마네킹까지 있었고 한쪽엔 화려한 색깔과 모양의 수세미들이 크리스마스트리처럼 주렁주렁 걸린 진열대도 보였다. 작년에 왔을 때와 똑같네, 둘러보며 나는 미소 지었다.

"작년에 자아 간 실은 벌써 다 썼어요?"

아주머니가 난로 위에서 끓던 주전자를 머그잔에 기울

이며 물었다. 구수한 현미녹차 냄새가 확 퍼졌다.

"그럼요, 그거 톱 다운 스웨터 만들었는데 1미터도 안 남기고 딱 맞더라고요."

"어머, 다행이네."

아주머니가 머그잔을 내밀었다. 한 모금 호록 마시자 밖에서 묻어온 추위가 사르르 녹으며 속이 따뜻해졌다.

"오늘은 뭐 사려고? 실 잣게?"

"네, 이제 겨울이니 또 시작해야죠."

"그래요, 그럼 잠시만."

아주머니가 실 자을 준비를 하는 동안, 나는 머그잔을 쥐고 그 모습을 구경했다. 준비라고 해봐야 가게 한편에 놓인 실 잣는 기계를 가운데로 가져와 가볍게 먼지를 터는 것뿐이지만. 버튼이 몇 개 붙은 커다란 나무 판 위에 뾰족한 막대가 달린 단순하게 생긴 기계였다. 요즘엔 신형도 많이 나왔다는데 이 가게는 아직까지도 초기의 구형 모델을 사용하고 있었고 나는 이게 좋았다. 군데군데 고친 부분이 있는, 오색의 실밥들이 틈새마다 끼어 있는 오래된 기계. 수많은 사람의 즐겁고 행복한 기억이 묻어 있는 좋은 기계였다.

"자, 대충 준비는 됐어요."

"네."

나는 머그잔을 내려놓고 외투를 벗었다. 아주머니가 빈 실패를 가져와 기계에 달린 막대 위에 꽂아주었다.

"보자, 실은 얼마만큼 필요해요?"

"스웨터 한 벌 뜰 정도면 되니까, 커다랗게 한 볼 정도면 좋을 것 같아요."

"오케이, 그럼 시작할게요."

아주머니가 기계에 달린 다이얼을 달그락달그락 돌려 맞췄다. 나는 기계 앞에 섰다. 실을 잣는 건 항상 떨리고 긴장되는 일이었다. 어떤 실이 나올까. 물론 재료는 이미 생각해두었다. 올여름, 원과 청평에 놀러 갔을 때의 기억을 사용할 생각이었다. 그때 본 밤하늘이 정말 아름다웠지. 손가락으로 하늘을 그으며 서로 아는 별자리를 짚어줬었지. 모기향이 타는 매캐한 냄새를 맡으면서.

분명 좋은 실이 될 거야.

나는 심호흡을 했다. 마음을 고르고 그날의 기억을 떠올리며 아주머니가 꽂아준 빈 실패를 쥐었다. 호흡을 가다듬으며 천천히 손을 떼자, 손끝에서 진한 남색의 실이 사르르 빠져나와 실패에 한 바퀴 감겼다.

"좋아요, 잘하고 있어요."

곁에 서서 지켜보던 아주머니가 격려했다. 좋아, 이번엔 느낌이 좋은데. 호흡을 유지하며 나는 눈을 감았다. 그대로 계속 생각을 떠올렸다. 그날의 일들을.

각자의 일을 마친 뒤 저녁에 만나 출발했었고 도착하니 밤이었다. 고즈넉한 펜션에선 밤의 숲속에서만 맡을 수 있는 눅눅하고 푸른 향이 가득했다. 가방을 대강 던져놓고 누가 먼저랄 것도 없이 다시 뛰어나와 고개를 뒤로 꺾고 밤하늘을 올려다봤다. 별이 정말로 셀 수 없을 만큼 가득했다. 와, 원래 밤하늘이란 이렇구나. 평소에 우리 이렇게 아름다운 것을 머리 위에 이고 사는구나. 서로 감탄하곤 한참 말을 잃은 채 하늘만 보았다. 선명히 빛나는 북

극성, 커다란 십자가 모양의 백조자리며 꼬리를 도사린 전갈자리도 있었다. 저기 봐, 저게 전갈의 몸통이고 꼬리래. 우리는 서로의 귀에 속삭이며 목이 아픈 줄도 모르고 내내 별을 쳐다보고 있었다. 어딘가 다른 호실에서 피운 듯 모기향 냄새가 섞여들어 왔고 발치 근처 풀숲에선 풀벌레 한 마리가 기운차게 울었다. 행복해. 원이 문득 중얼거렸다. 삶의 갈피마다 가끔 이런 시간이 있다면, 나는 잘 살아갈 수 있을 것 같아. 나는 대답하지 않고 원의 어깨에 머리를 기댔다. 원의 목덜미엔 기분 좋게 열이 올라 있었다. 아름다운, 아름다운 여름밤…….

"어머, 너무 예쁘다."

아주머니가 감탄했다. 눈을 뜨고 실패를 보니 정말 그랬다. 벌써 반쯤 감긴 실패에는 그날의 밤하늘을 닮은 남색의 부드러운 실이 감겨 있었다. 그리고 거기에 중간중간 흰색과 노란색으로 점점이 섞여든 별빛과 살짝 휘감겨 더해진 회색과 연두색이 보였다. 모기향과 풀벌레일까. 나는 미소 지었다. 이 실은 좋은 스웨터가 될 것 같았다. 나는 올겨울 내내 이 행복한 기억으로 옷을 지을 테고 원은 그걸 입고 따뜻하겠지. 그리고 원이 따뜻하면 나도 따뜻할 것이다. 따뜻함은 옮아가니까, 사랑이 그렇듯이.

　나는 다시 눈을 감았다.

보석 모기

축축하고 뜨거운 밤, 보석 모기는 보석 번데기에서 앞다리를 빼낸다. 깊은 정글 한가운데 숨겨진 늪 속, 이 땅에서 죽은 것들이 마지막으로 오는 곳. 온갖 동식물의 사체가 썩는 열로 늪은 뜨겁다. 돌돌 말려 있던 영롱한 날개가 바짝 마르기에 충분한 온도다. 보석 모기는 이내 가볍게 훅, 날아오른다. 기념할 만한 첫 비행. 빛나는 포물선을 그리며 검은 대기를 부드럽게 미끄러진다.

보석 모기의 수정 겹눈, 곧 첫 사냥감을 발견한다. 구아버나무 그늘에 엎드린 검은 표범이다. 나이 들어 쇠약해지고 배에는 큰 상처를 입었으나 그 형형한 눈빛만으로도 방해꾼을 범접지 못하게 할 수 있어, 표범은 아직 혼자다. 곧 뼈를 드러내고 내장을 흘리며 울부짖게 되겠지만. 그때를 기다리며 작은 육식붙이 짐승들이 멀리서 배회하고 있다. 보석 모기는 소리 없이 날아 표범의 상처 난 배에 달라붙는다. 곧이어 흡혈. 검붉은 피가 루비로 만들어진 대롱을 타고 보석 모기의 배 속에 모였다가 전신으로 퍼져나간다. 보석 모기는 그 순간 표범이 된다. 보석 모기는 시속 110킬로미터로 달린다. 목표하는 것은 오로지 하나, 간발의 차로 앞서 도망치고 있는 저 작은 짐승뿐. 마침내 그 뒷덜미에 당도하여 날카로운 이빨을 박아 넣기까지 앞으로 1초. 보석 모기의 어금니는 봐주지 않는다. 입안으로 퍼지는 달콤하고 비릿한 피의 맛, 그보다 황홀한 것은 목적한 것을 기어코 낚아챘을 때의 쾌감이다. 보석 모기는 군침을 흘리며 사냥감을 남김없이 뜯어 먹는다.

대롱을 뽑은 뒤, 보석 모기는 아름다운 네 장의 날개를 빠르게 움직여 표범을 떠난다.

다음 사냥감은 연갈색 털을 가진 난쟁이원숭이다. 나무 구멍 안에 몸을 웅크리고 잠든 그것의 목덜미에 보석 모기는 대롱을 꽂는다. 힘차게 빨려 올라오는 피. 움직이는 무언가가 어렴풋이 보이기 시작한다. 피를 들이마시면 마실수록 선명해지는 형체. 암컷 난쟁이원숭이 한 마리가 꼬리로 나뭇가지를 감아 이 나무 저 나무 옮겨 다니며 춤을 추고 있다. 피를 빨리는지도 모른 채 잠든 이 피식자가 꾸는 꿈이다. 보석 모기는 춤추는 암컷을 잡으려고 손을 뻗는다. 암컷은 잡힐 듯 잡히지 않고 약 올리듯 보석 모기의 눈앞에 엉덩이를 흔들어댄다. 안달이 난 보석 모기는 결국 앞으로 크게 뛰며 암컷에게 달려들고 그 순간 암컷도 나무도 사라져버린다.

잠에서 깬 난쟁이원숭이가 어리둥절해하는 사이 보석 모기는 유유히 나무 구멍을 떠난다.

보석 모기가 다음으로 발견한 것은 한 쌍의 인간이다. 앞장선 하나는 커다란 마체테를 휘둘러 풀을 베어내고, 다른 하나는 그 베어낸 자리를 밟으며 뒤따르고 있다. 매끄럽고 누런 피부를 한 그 인간에게선 지금까지 다른 짐승에게서 맡아보지 못한 역한 냄새가 풍긴다. 그것은 문명사회에서 흔히 해충기피제라는 이름으로 판매되는 약품의 냄새지만, 단단한 사파이어 비늘로 온몸을 감싼 보석 모기에게는 물론 아무런 효과도 없다. 보석 모기는 질긴 섬유로 단단히 감싸인 누런 피부의 장딴지에 달라붙는다. 젖은 손가락으로 창호지를 뚫듯 가볍게 폭, 대롱은 옷감을 통과해 털이 부숭부숭 돋은 살갗에 단번에 박힌다. 빨려 올라오는 피. 그 찐득한 액체가 보석 모기의 위장 표면에 가닿는 순간, 손가락 한 마디만 한 보석 모기의 몸은 대양을 건너고 수십 개의 크고 작은 산맥을 넘어 어느 먼 나라의 수도, 붉은벽돌로 지은 커다란 도서관 앞 계단을 오르고 있다. 가슴에 안은 두꺼운 책에는 열대 동식물의 세밀화가 들어 있다. 몇 년 뒤면 틀림없이 올 것이다, 그것들을 두 눈으로 직접 보고 만지며 마음껏 관찰할 수 있는 순간이. 아직 야구 모자를 거꾸로 쓴 대학생인 보석 모기는 그것을 확신하고 있다. 고양감이 보석 모기의 관자놀이에서 날뛴다. 세계는 아직 미완성된 퍼즐이고 나머지 조각을 맞출 수 있는 것은 오직 보석 모기뿐이다. 보석 모기는 큰 보폭으로 걷는다. 지금 이 순간만큼은 그 누구도 보석 모기를 낙담시킬 수 없다.

그 순간, 무언가가 거세게 날아와 보석 모기의 오른쪽 뒷날개 부근을 내리친다.

보석 모기는 재빨리 대롱을 뽑고 날아오른다. 마체테를 든 인간이다. 그가 쯧, 혀를 차며 말한다. "보석 모기가 있었어요." 그의 눈은 보석 모기가 숨은 곳 근처를 노려보고 있다. "보석 모기가 뭐죠?" 누런 피부가 묻자 마체테가 대답한다. "보석으로 된 아름다운 모기죠. 피와 함께 기억을 빨아 갑니다. 즐겁고 행복한 기억을요." 말수가 적은 마체테는 돌아서서 다시 풀을 베기 시작한다. 누런 피부가 장딴지를 벅벅 긁으며 그 뒤를 따른다.

안전한 곳에 숨어, 보석 모기는 날개를 살핀다. 얇은 다이아몬드와 금으로 만들어진 날개는 튼튼하지만 섬세하여 어긋나기가 쉽다. 과연, 뒷날개 한쪽이 약간 구겨져 있다. 치명상은 아니나 당장 자유로이 쓰기는 어려워 보인다. 이럴 때는 충분히 쉬어야 한다는 것을 보석 모기는 본능적으로 알고 있다. 보석 세포들이 필요한 곳곳으로 영양분을 옮기고 망가진 곳을 수리할 수 있도록. 구겨진 날개를 최대한 판판히 펼쳐두고, 보석 모기는 다리를 접는다. 몸을 웅크리자 곧 수천 개의 빛나는 겹눈이 하나씩 어두워진다.

잠자는 동안 보석 모기는 꿈을 꾼다. 모체의 모체, 그 모체의 모체로 끝없이 거슬러 올라가, 태초에 존재했던 최초의 보석 모기가 빨아 먹은 기억의 소화되고 남은 파편을 꾼다. 공룡과 시조새, 실러캔스와 앵무조개의 기억을. 꿈속에서 보석 모기는 하늘 높이 치솟으며 날아올랐다가 끝없는 심해로 가라앉는다. 다리 세 쌍은 편안하게 늘어지고, 날개는 단단히 오므라들었다가 흔적기관으로 서서히 퇴화한다. 다시는 날아오르지 않아도 좋다, 이 따스한 양수 밖으로는 영원히.

그리던 중, 보석 모기의 앞다리에 전해지는 낯선 진동

이 꿈을 산산조각으로 흐트러뜨린다.

잠에서 깬 보석 모기는 자신이 한 번도 경험하거나 상상해보지 않은 어느 공간으로 옮겨졌다는 것을 알아차린다. 먼지 냄새가 나는 어둡고 좁고 막힌 공간. 보석 모기는 날 수 있는 가장 높은 곳으로 날아올라 아래를 내려다본다. 넷씩 짝지은 인간들이 모두 같은 방향을 바라보며 양쪽으로 줄지어 앉아 있다. 대개는 잠들었고, 깨어 있는 인간들은 손에 빛나는 무언가를 하나씩 쥐고 들여다보고 있다. 물려받은 수십만 개의 기억을 하나하나 되짚으며 배 속을 뒤져보지만 그 어떤 조상도 이런 곳에 온 적은 없다. 그러나 보석 모기는 당황하지 않는다. 한번 태어나면 영원에 가까운 시간을 사는 보석 모기 종족의 특성상, 어떤 장소에 온 첫 번째 보석 모기가 되는 일은 거의 모든 선조의 삶에 한 번쯤은 존재하는 경험이므로.

이윽고 굉음이 울려 퍼진다. 가장자리에 앉은 인간들이 벽에 뚫린 구멍에 얼굴을 갖다 댄다. 보석 모기는 자신이 속한 이 거대한 공간이 어딘가로 이동하고 있다는 사실을 감각한다. 달리고 있나. 생각한 것도 잠시, 곧 공간이 통째로 서서히, 빨라지고, 보석 모기의, 몸은, 가벼워지고, 흐트러, 지고, 높, 아, 지, 는 동시에 무, 거, 워, 지, 고, 느려, 지고, 낮아졌다가 마침내 조금씩 안정된다. 아직 이곳이 어디인지, 자신에게 무슨 일이 일어나고 있는지 알 수 없지만 아무튼 보석 모기는 이 감각을 배 속에 기억한다. 입력하고 저장한다. 후대에 전해줄 수 있도록.

물론 어느 먼 미래에 태어날 보석 모기의 후손 역시 자초지종을 알지는 못할 것이다. 그러니까 마체테의 오른손에 맞은 보석 모기가 다친 날개를 이끌고 숨은 곳이 하필 누런 피부가 쓰고 있던 챙 넓은 모자의 띠 속이었으며, 햇빛을 가리기엔 딱 좋은 그 모자를 누런 피부는 정글 탐사를 마치고 고국으로 돌아가는 이날 꺼내어 썼다는 사실을. 제 머리 가죽 가까운 곳에 무언가가 날개를 쉬며 잠들어 있다는 것을 꿈에도 모른 채 베이스캠프를 정리한 뒤 지프차에 실려 공항으로 향하고 심지어 보안대에서는 그 모자를 잠시 벗었다가 다시 쓰기까지 했던 누런 피부를 고향으로 데려다줄 비행기, 보석 모기가 그 비행기에 태워져 시속 700킬로미터의 속도로 누런 피부의 모국을 향해 날아가고 있다는 사실을. 모르지만 안다. 지났지만 기억한다. 고도가 높아지며 공기가 희박해지고 태양의 존재감이 확고해지는 이 감각을.

기내에서, 보석 모기는 새 사냥감을 발견한다. 창가 쪽 좌석에 얌전히 앉아 바깥을 내다보는 데 여념이 없는 어린아이다. 생기 가득한 어린 피, 다친 날개를 회복하는 데 좋을 것이다. 보석 모기는 신중하게 날아 좌석 밑으로 들어간다. 다리 끝에 돋은 황금 발톱으로 아이의 통통한 종아리를 단단히 붙잡은 뒤 대롱을 꽂는다. 아무 저항 없이 부드럽게 갈라지는 어린 살덩어리. 들이마신다. 다음 순간, 보석 모기의 콧속에 달콤한 냄새가 확 퍼진다. 보석 모기는 이 냄새를 알고 있다. 자면서도 맞힐 만큼 잘 알고 있다. 보석 모기는 냄새의 근원지를 찾아 작은 발을 부지런히 놀리며 주방으로 뛰어간다. 앞치마를 두른 엄마의 뒷모습이 오븐에서 나온 김에 감싸여 흐릿하게 보인다.

한 판 가득 구워진 크리스마스 쿠키가 식힘 망 위에 올라간다. 그것을 보기 좋게 꾸미는 것은 엄마, 아빠와 보석 모기가 매년 함께해온 일이다. 색색의 아이싱과 녹인 초콜릿, 우박설탕이 이미 준비되어 있다. 보석 모기는 발을 동동 구르며 쿠키가 알맞게 식기를 기다린다. 오늘만큼은 누구도 보석 모기를 꾸짖지 않는다. 매일 밤 혼자 술에 취하는 엄마도, 별거 중이라 얼굴 한번 보기 힘든 아빠도 오늘은 보석 모기에게 다정할 것이다. 보석 모기에게는 자격이 있다. 착한 어린이로 1년, 오직 이날을 위해 살아왔으니까. 내일이면 둘은 다시 냉정하게 돌아서서 헤어지겠지만. 적어도 오늘만큼은. 보석 모기는 입안에 빙빙 도는 군침을 삼키며 아직 뜨거운 쿠키의 가장자리를 눌러본다.

보석 모기가 대롱을 뽑고 날아오르자 달콤한 향기가 사방으로 흩어진다.

보석 모기는 온몸의 근육을 소화기관에 집중시킨다. 방금 빨아올린 어린 피를 천천히 분해하고 흡수한다. 지금 누군가 보석 모기를 발견한다면, 어느 부주의한 이의 옷깃에서 떨어진 정교한 장신구로 착각해 손끝으로 조심스럽게 집어 들 수도 있을 것이다. 물론 그런 일은 일어나지 않는다. 보석 모기는 좌석 밑 그늘진 구석에 안전하게 몸을 숨기고 있으니까. 그로부터 몇 시간, 인간에게는 충분히 길고 지루하지만 보석 모기에게는 날개를 한 번 폈다가 접는 순간과도 다름없는 시간이 지난 뒤, 머리 위로 건조한 목소리가 울려 퍼질 때까지.

"기내에 계신 승객 여러분, 우리 비행기는 잠시 후 인천공항에 착륙할 예정입니다."

그러자 약속이나 한 듯, 인간들이 동시에 잠에서 깨어난다. 고요하던 공간이 갑작스러운 활기로 붐빈다. 곧이어 추락하는 감각, 공간은 떠오를 때와 비슷한 형태로 가라앉는다. 보석 모기는 충돌을 예감하지만 충돌은 없다. 곧바로 이어지는 지면과의 접촉은 그저 거칠게 덜컹거리며 미끄러지는 것뿐이다. 잠시 후 바람 빠지는 소리와 함께 공간의 틈새가 덜컥 열리자, 피곤한 얼굴을 한 인간들이 줄지어 내린다. 보석 모기는 마지막으로 내리는 인간의 청바지 밑단에 재빠르게 옮겨 붙는다. 오랜 비행으로 지친 인간의 터벅터벅 걷는 발걸음에 맞춰 위아래로 흔들린다. 그대로 착륙장을 통과하고 수하물 컨베이어 앞에 잠시 머물렀다가, 이윽고 바깥으로 나온다. 오직 열기, 갓 태어난 것들과 갓 죽은 것들이 뿜어내는 열기만이 가득한 곳에서 떠나와, 이제는 매연과 미세먼지와 전자파가 가득한 대기를 활강하는 최초의 보석 모기. 보석 모기는 건조와 추위에 바르르 떤다. 한 번도 맡아보지 못한 냄새가 대기를 가득 채우고 있다. 다른 동물에게는 없는, 오직 인간만이 지닌 것들의 냄새.

　그러나 이곳에 적응하는 데에는 그리 오랜 시간이 걸리지 않는다. 고작 며칠 만에 보석 모기는 인간의 도시에 완전히 스며든다. 어차피 구조는 대강 비슷하다, 그렇게 보석 모기는 이해하고 있다. 더 힘이 세거나, 더 빠르거나, 더 똑똑한 생물체가 그렇지 못한 다른 생물체를 먹이 삼아 살아간다. 영양가 높은 먹이, 좋은 조건의 연인, 안락한

잠자리를 놓고 다툰다. 영생할 것처럼 살아가다 어느 날 존재하지 않았던 것처럼 죽는다. 그렇다면야.

날아서, 때로는 인간이 만든 탈것에 실려 보석 모기는 전국을 누비며 피를 빤다.

어느 어린이집의 낮잠 시간에 침입한 보석 모기는 토끼반 아이들 아홉 명 모두에게 똑같은 꿈을 꾸게 한다. 여린 살갗에 뚫린 미세한 구멍과 함께 잠에서 깬 아이들은 허공에 날카로운 파편들이 반짝거리는 것을 보았다며 울음을 터뜨린다. 시청 앞을 점거한 시위대 맨 앞줄의 청년은 종아리께가 따끔한 것도 느끼지 못하고 구호를 외치는 데 여념이 없다. 마을버스 뒷문으로 들어간 보석 모기는 방금 막 자리를 양보받은 노인의 낡고 질긴 살가죽을 뚫는다. 아궁이에 구워 김이 오르는 고구마와 감자를 이 손 저 손 옮겨 가며 껍질째 먹던 아주 어린 시절의 기억, 따끈하고 단것으로 배를 채우는 낙낙한 기분. 인파에 밀려 들어간 백화점에서는 양복을 입은 어떤 남자의 손등에서 가파르게 우상승하는 붉은 선으로 가득한 주가그래프를 본다. 공원에서는 주인과 함께 나온 안내견의 금빛 털 사이에 숨기도 하고, 한 노인의 어깨죽지에서는 첫 손녀를 품에 안고 직접 지은 그 애의 이름을 떨리는 입술로 속삭여주기도 한다.

아주 예민한 사람들은 가끔 귓가에서 들리는 가냘픈 진동을 인식하는 일도 있다. 수정 박편들이 바람에 나부끼는 소리, 좁고 깊은 가마솥 안에서 오래된 기억이 한데 뭉쳐 끓으며 졸아드는 소리를 듣는 것이다. 허공에 반짝이며 그어지는 작은 궤적을 곁눈으로 본 것 같다는 생각을 하며 눈을 비비기도 한다. 그러나 소용없다. 보석 모기는 잡히지 않는다. 밝은 곳과 어두운 곳, 붐비는 곳과 한산한 곳, 깨끗한 곳과 지저분한 곳에 보석 모기는 있다. 보석 모기의 날개는 어디로든 날고 보석 모기의 대롱은 무엇이든 뚫는다.

그러던 어느 날, 보석 모기는 당신의 집에 들어간다.

춥지도 덥지도 않은 조그마한 방. 창문에는 두꺼운 커튼이 쳐 있다. 당신은 의자에 비스듬하게 앉아 책을 읽는 중이다. 보석 모기는 당신의 뒤쪽으로 날아 접근한다. 조심스러울 필요도 없다. 당신은 지금 종이 안에 가득한 작은 글자들을 읽느라 잔뜩 집중하고 있으므로. 그 글은 머나먼 정글에서 태어난 어느 신비한 곤충에 대해 말하고 있다. 우연한 계기로 이곳까지 흘러와 떠돌며 아름다운 기억을 배 속에 모은다는, 태초부터 있었고 앞으로도 있을 존재에 대한 이야기. 당신의 신경이 온통 그 이야기에 쏠려 있는 동안 보석 모기는 대담하게도 당신의 손등에 앉는다. 얇은 손등 거죽 밑으로 두근두근, 피가 지나가고 있다. 혈관 속을 흘러가는 당신의 생명과 기억. 보석 모기는 바로 그 혈관 위를 노린다. 망설임도 두려움도 없이 찌른다.

따끔,

그 순간 보석 모기는 본다.

버섯의 나라에서

아침에 눈을 뜨자마자 언니의 방으로 간다. 언니는 잘 있다. 어제보다 눈에 띄게 개수가 늘어났다. 조심조심 세어보니 아주 작은 것까지 해서 총 열일곱 개가 되어 있다. 습하고 어두운 곳을 좋아한다지. 밤새 가습기를 틀어둔 게 효과가 있었던 것 같다. 햇빛이 새어 들지 않도록 커튼을 꼭꼭 닫는다. 쿰쿰하고 음습한 냄새가 난다. 으응 언니 나도 잘 지내고 있어, 대답한다. 어둠 속에서 작고 새하얗게 빛나는 나의 오래된 연인.

언니 방 벽에 걸린 달력을 본다. 3241년 8월 10일인 오늘, 동그라미가 쳐진 아래에 언니의 글씨로 자게 '10주년'이라고 적혀 있다. 물론 나도 기억하고 있다. 오늘은 우리가 사귄 지 꼭 10년이 되는 날이고, 언니가 버섯이 된 지 열흘째 되는 날이기도 하다. 비록 버섯이 된 언니일지라도 10주년 기념일을 함께 맞을 수 있다는 사실을 기뻐해야 할지, 축하한다는 말은커녕 언니를 만질 수조차 없다는 것을 슬퍼해야 할지 알 수 없으므로 둘 중 아무것도 하지 않기로 한다. 그래도 오늘은 좋은 날이니까, 기념할 만한 날이니까. 초콜릿 가루 한 봉지를 컵에 붓고 물을 섞는다. 저소득층 긴급구호 키트에 들어 있던 마지막 남은 식량이지만 상관없다. 어제 뉴스에서 테라-K의 건설공사가 드디어 끝났으며, 곧 순차적으로 이주 명령이 떨어질 것이라는 소식을 들었다. 아마 늦어도 모레쯤이면 나는 이곳에 없을 것이다. 정부에서 배정해준 집에 살며 매일 지정된 노동을 한 뒤 배급되는 식량을 받아먹게 될 것이고, 거기에는 초콜릿 가루 같은 사치품은 포함되지 않을지 모른다. 어쩌면 평생 마지막이 될지도 모르는 초콜릿 물을 한 모금 마신다. 예전에는 참 좋아했던 이 물이 이제는 미지근하고 텁텁하기만 하다. 무언가를 마실 때마다 어쩔 수 없이 생각하게 되기 때문이겠지, 언니가 마셨던 버섯 포자 용액을. 언니, 그건 무슨 맛이었어? 침대를 향해 묻는다. 물론 대답은 돌아오지 않는다.

10년을 함께 살면서 우리는 점점 서로 비슷해지고 닮아갔다. 나는 언니처럼 말했고 언니는 나처럼 걸었다. 매일 같은 것을 먹고 같은 것을 보고 같은 옷을 돌려 입고 살았으니 그럴 만도 했다. 그러나 우리가 끝내 닮지 못한 점이 하나 있었는데, 언니는 옳지 않은 것을 보면 그냥은 넘어가지 못하는 사람이었고 나는 그 편이 더 좋다고 생각하면 얼마든지 상황을 외면하며 눈을 흐리게 뜰 수 있는 사람이었다는 것이다.

예를 들면, 우리가 같이 살기 시작한 지 얼마 되지 않았을 무렵의 일이었다. 옆집에 사는 아이가 갑자기 한밤중에 경기를 하며 앓았던 적이 있다. 마을에서 공용으로 사용하는 무공해 전기차로 다른 도시의 병원까지 가기 위해서는 4인 가정의 한 달 사용량에 달하는 엄청난 양의 전기가 필요했지만, 아이 엄마가 배급받은 배터리에는 충전량이 거의 남아 있지 않았다. 다급해진 아이 엄마는 집집마다 문을 두드리며 전기를 빌려달라고 사정했다. 물론 소용없는 일이었다. 급수펌프부터 시작해 필수 미량요소 합성기까지, 생존을 위해 전기가 필수인 요즘 시대에 전기를 선뜻 빌려주려는 사람이 없는 것은 당연했다. 그러나 언니는 달랐다. 언니는 우리가 비상시를 대비해 전기를 조금씩 모아둔 배터리들을 일말의 망설임도 없이 몽땅 내놓았다. 상황이 될 때 천천히 갚아도 된다는 말과 함께. 배터리와 언니를 번갈아 바라보다, 고맙다는 말도 할 새 없이 내달리는 아이 엄마의 뒷모습을 언니는 무감한 얼굴로 응시할 뿐이었다.

언니, 그렇게 다 주면 우리는 어떡해.

내가 머뭇거리며 말하자 언니는 그제야 내가 거기 있었다는 걸 깨달은 사람처럼 돌아보았다.

그러네, 우리는 어떡하지.

무책임하기 짝이 없는 말이었지만 그 말을 하는 언니

의 표정이 더할 수 없이 홀가분해 보여서 나는 아무 말도 할 수 없었다. 미안해, 너한테 물어보고 결정했어야 했는데. 언니의 말에 나는 고개를 저었다. 아니야 언니, 언니는 옳은 일을 한 거야. 나는 언니가 자랑스러워. 그러자 언니는 환하게 웃으며 말했다.

당연한 일을 한 건데, 네가 그렇게 말해주니까 진짜 멋진 일 한 거 같은 기분이네.

그 뒤 몇 달 동안을 집에 불도 켜지 못하고 살아야 했지만, 언니는 한 번도 그 일을 후회하지 않았다. 그러나 나는 어땠느냐면, 사실 조금 미웠다. 모두가 고개를 돌리는 상황에 똑바로 정면을 응시하는 언니, 꼭 그렇게 살아야만 직성이 풀리는 언니가 요령 없고 답답하게 느껴졌다. 그렇게 산다고 누가 알아주나, 저 먹고살기도 바쁜 세상에서. 그러나 나는 끝까지 아무 말도 하지 않았다. 그토록 올곧고 똑바른 언니를 나는 사랑했으니까. 이 사람이 바르다면 나도 바르게 되어야 한다고 생각했고 굳이 가시밭길을 택한다면 나 역시 그 가시에 함께 찔려야 한다고 믿었으니까.

그러나 그토록 굳건했던 우리의 관계가 무너지기 시작한 것은 작년 새해 첫날, 그러니까 세계환경정부가 '테라 프로젝트'의 골자를 발표한 날부터였다.

무분별한 인구 증가와 환경오염을 막기 위해 세계환경정부가 개개인의 삶을 통제하기 시작한 지 700년 정도가 지났음에도, 세계 인구는 여전히 130억 명에서 줄어들지 않고 있었고 플라스틱 쓰레기 매립지로 변한 개발도상국들의 환경 역시 전혀 나아지지 않은 채였다. 이에 세계환경정부는 전 인류에 '테라 프로젝트'라 명명한 극약 처방을 내놓았다. 그들이 최초로 발표한 내용은 다음과 같았다.

만 15세에서 50세까지의 인구 가운데 건강 지수가 80 이상인 이들만을 선별해, 각국 정부에서 따로 마련한 주거지 '테라'에 집단 이주시킨다. 선별된 인구는 '테라'의 거주지를 제공받고 무상 배급을 받는 대신 일정한 노동이 강제된다.

단, 나이와 건강 지수를 충족하더라도 신체적·정신적으로 건강한 생식이 불가능하다고 판단되는 장애인, 전과자, 동성애자는 선별에서 제외한다. 선별되지 못한 개인에게는 각각 MR 용액 한 병씩이 무상 지급된다.

지금도 세계환경정부 홈페이지 메인에 걸려 있는 이 짤막한 발표문을, 나는 몇백 번은 읽었다.

MR 용액이란 오래전부터 흔적 없는 자살을 원하는 사람들이 사용해온 약물로, 마시면 하룻밤 안에 온몸이 작은 균사체 덩어리로 분해되어 형체도 없이 사라지는 극약이었다. 이 균사체는 곧 하얗고 작은 버섯으로 변했는데, 만지기만 해도 피부가 상할 만큼 강한 독성이 있긴 했지만 대개 한 달쯤 지나면 자연 소멸되어 사라졌다. 시체를 처리할 필요가 없는 이 '친환경' 자살은 사실 세계환경정부에서도 크게 제재하고 있지는 않아, 원한다면 누구나 암암리에 MR 용액을 구할 수 있었다. 그런데 아무리 그래도 그렇지, 선별되지 않은 이들에게는 MR 용액을 나누어 주겠다니. 이건 스스로 죽으라는 소리나 다름없었다. 하긴 선별되지 않은 이들에게는 식량 배급이 중단될 테니, 굶어 죽게 두는 것보다야 차라리 온정 어린 처분이기는 했다.

이미 평균 수명은 150세를 훌쩍 넘겼다. 100세 즈음부터는 나이 세는 것을 그만둬, 누군가 나이를 물어도 자신의 바이오워치를 보지 않고서는 얼른 대답하지 못하는 이도 많았다. 발표대로라면 전 세계 인구 중 약 3분의 1을 제외한 나머지는 버섯 신세를 면치 못할 것이었다. 그러나 누구도 나서서 반발하는 사람은 없었다. 오히려 분위기는 혹시라도 누군가가 나설까 봐 두려워하는 쪽에 가까웠다. 구역 연좌제 때문이었다. 원래 식량과 전기 등의 생필품을 배급하기 위해 마을을 잘게 쪼개 나눈 '구역'은 동시에 서로를 감시하는 역할도 하고 있었다. 사건 사고가 일어날 경우 구역에 할당된 식량이 줄어들었고 이는 구역민 전체의 생존과 직결되었다. 이미 몇 년 전, 한 소녀가 인터넷에 세계환경정부를 비판하는 뉘앙스의 글을 올렸다가 구역 전체의 식량이 삭감되자 분노한 주민들이 소녀를 집단 구타해 결국 죽게 만든 사건이 있었다. 자칫하면 버섯이 되기도 전에 옆집 이웃의 손에 쥐도 새도 모르게 죽게 될지도 모를 판이었다.

왜였을까. 그 발표를 들은 순간, 참혹하게 두들겨 맞은 그 소녀의 얼굴에 언니의 얼굴을 덧씌워 상상해버린 것은.

아마 모두가 그렇겠지만 나 역시 아직도 그날을 생생하게 기억하고 있다. 중대 발표가 있다는 소식에 모두가 집에 틀어박혀 각자의 바이오워치를 머리에 댄 채 골전도 아나운스를 기다리고 있던 오후였다. 머릿속에 쩌렁쩌렁 울리는, 발표가 끝났음을 알리는 세계환경정부 로고송을 들으며 문득 언니의 표정을 살폈을 때, 그것이 내 것과 너무나 다르다는 사실에 심장이 쿵 내려앉아 아무 말도 하지 못했던 기억. 그 순간 나는 우리가 안전하다고 생각하고 있었고 언니는 우리가 죽을 것이라고 생각하고 있었다.

그날그날의 동선부터 식사량까지 바이오워치에 일일이 기록되는 요즘 시대에, 장애나 전과 여부는 숨기려야 숨길 수가 없었다. 그러나 동성애는 달랐다. 스스로 신고하지 않는 이상 동성애자를 구분해낼 방법은 없었으니까. 우리는 연인 사이로 동거하고 있기는 했으나 주거서류에는 '룸메이트'로 기재되어 있었다. 분명 입주민 선별 과정에서 몇 가지 질문이야 하겠지만 그야 거짓말로 충분히 모면할 수 있을 터였다. 적어도 나는 자신이 있었다.

그러나 언니는 아니었다.

이 일로 나와 언니는 크게 다투었다. 사귄 지 10년 만에 처음 있는 일이었다. 내가 동성애자가 아니라고 한다면, 나는 나를 부정하는 거야. 너를 사랑하는 일도 부정하는 거고. 나는 그렇게 해서까지 살아남고 싶지는 않아. 차라리 나인 채로 죽고 싶어! 언니는 격렬하게 외쳤고 나도 마찬가지였다. 그게 왜 언니를 부정하는 거야? 아니라고 한다고 정말 아닌 게 돼? 왜 고작 그런 일로 목숨을 버리려 해? 언니가 없으면 나는? 소리를 지르며 맞섰지만 언니는 끄떡없었다. 나는 필사적으로 노력했다. 언니, 그냥 눈 딱 감고 몇 번만 거짓말하면 되잖아. 날 봐서라도, 이 세계에 언니 없이 혼자 남을 나를 봐서라도 제발 그러지 마. 우리 같이 있자. 나 버리지 마. 언니 없이 내가 어떻게 살아. 애원하며 말 그대로 언니의 바짓가랑이를 붙들고 늘어지기도 했고 집을 뛰쳐나가기도 했다. 그러나 어떤 방법으로도 언니를 설득할 수는 없었다.

우리는 미친 듯이 싸웠다. 아침에 눈을 뜨자마자 싸우기 시작해 해가 질 때까지 멈추지 않았다. 결국 언니가 굳은 얼굴로 자리를 피해버리거나 참다못한 내가 울음을 터뜨리는 것으로 하루가 끝났고 다음 날이면 다시 어제와 똑같은 하루를 보냈다. 그게 한 달이 넘도록 반복되자, 언니는 그 얘기를 그만두지 않으면 너와 다시는 얘기하지 않겠다고 선언하고는 방에 틀어박히고 말았다.

언니가 방 안에서 무엇을 하는지 나는 알고 있었다. 언니는 이전부터 딥웹에 개설한 비공개 SNS를 운영하고 있었고, 거기에는 다양한 성정체성을 가진 팔로워들이 꽤 많았다. 세계환경정부의 발표 이후 언니는 온종일 그들과 메시지를 주고받으며 토론에 열을 올렸다. 돌아가는 분위기로 보아 그들 사이에서도 의견이 엇갈리고 있는 듯했다. 정체성이 밥 먹여주냐며 거짓말이든 뭐든 해서라도 살아남는 게 우선이라고 주장하는 사람, 다 같이 세계환경정부에 항의하는 시위를 벌이자는 사람, 버섯이 되느니 차라리 애인과 함께 자살하겠다는 사람…… . 그러나 그중 누구도 언니처럼 정체성을 위해 기꺼이 죽으리라고 말하는 이는 없었다. 며칠 뒤 언니는 SNS에 장문의 글을 올렸다. '저는 레즈비언 윤강희가 아니면 차라리 버섯 윤강희가 되겠습니다'라는 문장으로 시작하는 글이었다. 나는 내가 나인 것을 부끄러워하지 않는다. 세계가 이런 나를 원하지 않는다면 내가 아닌 누군가로 목숨을 부지하느니 나인 채로 버섯이 되겠다는 그 글은 하루만에 조회수가 몇십 만이 넘었다. 각종 언어로 번역되어 해외 비공개 성소수자 커뮤니티에까지 퍼 날라지기도 했다. 수도 없는 댓글이 언니의 정의로움을 칭찬하고 용기를 부러워했다. 그러나 그중에도 언니처럼 행동하겠다는 사람은 단 하나도 없었다. 몇몇 댓글은 언니를 미련하다고, 만용을 부린다고 평가했다. 언니는 그런 댓글들마다 일일이 장문의 답글을 달며 끝도 없이 싸우고 또 싸웠다.

이미 테라-K의 부지가 정해지고 공사가 시작되었다는 뉴스가 전해진 후였다. 알고 있었다. 우리가 함께할 수 있는 시간이 얼마 남지 않았으며, 언젠가 이 시간을 그저 냉전으로 흘려보낸 것을 뼈저리게 후회하게 되리라는 사실을. 그러나 어찌할 도리가 없었다. 한편으로는 내심 믿고 있었는지도 모른다. 설마 언니가 나를 정말로 혼자 내버려두고 가지는 않을 거라고, 설마 그런 일이 정말로 벌어질 리가 없다고. 갑자기 굳게 닫힌 내 방문을 똑똑 두드리며, 빼꼼 고개를 내민 나에게 자신이 잘못 생각했었다고 말하며 머쓱하게 웃을지도 모른다고.

그러나 그런 일은 끝내 일어나지 않았다.

열흘 전 아침이었다. 일어나 보니 집 안이 무섭도록 조용

했다. 최근 언니는 밤늦게까지 컴퓨터에 매달려 있다가 정오가 지나서야 일어나곤 했으므로, 아직도 자는가 보다 생각하긴 했지만 뭔가 낌새가 이상했다. 언니의 방문을 두드렸는데 아무 반응도 없었다. 결국 문을 조심히 열고 들어갔을 때, 그 안에는 아무도 없었다. 어둑한 방 안, 침대 한가운데에서 하얗게 빛나는 작은 버섯 하나밖에는.

나는 입을 열었지만 아무런 소리도 나오지 않았다. 그러나 내 눈은 침대 주변에 어지럽게 흩어져 있는 소포 상자며 빈 약병 사이에 작은 쪽지 하나가 놓여 있는 걸 발견했고, 발은 그쪽으로 황급히 옮겨가고 있었다. 딱지 모양으로 접은 그것을 나는 덜덜 떨리는 손으로 펴보았다. 분명 언니의 글씨였다.

사랑하는 수민

너 몰래 소포를 받느라 꽤 고생했어. 너는 잠귀가 밝아서 현관문 열리는 소릴 놓치지 않을 것 같았거든. 다행히 소포는 새벽에 도착했고 너는 아직 자고 있는 것 같네.

그저께 동성애자 신고 센터에 연락했어. 다짜고짜 내가 레즈비언이라고, MR 용액을 받고 싶다고 말하니 되레 담당 직원이 놀라서 잠시 말이 없더라. 오히려 내가 긴장이 풀려서 좀 웃었어.

이 편지를 다 쓰고 나면 난 MR 용액을 마실 거야. 나는 아마 순식간에 사라지겠지. 강한 척, 대담한 척은 다 했지만 사실 나도 무섭긴 해. 지금도 막 손이 떨리는걸. 그래도 위안이 되는 건, 나처럼 자진해서 신고한 이들이 있느냐고 물으니 없지는 않다는 대답을 들었다는 거야. 담당 직원은 정말 이해할 수 없는 일이라고 덧붙이긴 했지만. 그리고 수민, 너에게도 아마 영원히 이해할 수 없는 일일지도 모르지.

수민, 나는 나를 이루는 모든 게 나이고, 그 모든 것 하나하나를 자랑스럽고 떳떳하다고 생각해. 그중에서 어느 하나라도 빠지면 그 순간 나는 내가 아니게 되는 거야. 내가 레즈비언인 것도 마찬가지지. 나는 그냥 나로 살고 싶고, 그게 아닌 삶은 필요 없어.

하지만 지금 이 편지를 읽고 있는 너의 표정을 상상하면 나는 모든 걸 포기하고 싶어지기도 해. 혼자 남게 될 네가 얼마나 슬프고 두려울지 알아. 감히 내가 너에게 위로의 말을 남길 자격이나 있을까.

테라-K에 대해 알아봤어. 세계환경정부가 하는 말이니 어디까지 믿을 수 있을지는 몰라도, 거긴 좋은 곳이래. 앞으로는 정부가 인구수를 관리할 테니 더 이상의 인구 폭증은 없겠지. 오염된 환경도 더 빠르게 정화될 테고. 너는 새로운 세계에, 식량이 풍부하고 쾌적한 세계에 살게 될 거야. 이건 지금 내게 남은 두 가지 기쁨 중 하나야. 나머지 하나는, 죽을 때까지 나는 나로 남을 수 있다는 것.

수민아, 건강하게 잘 지내.

강희가

나는 아직도 언니의 마음을 전부는 이해하지 못했다. 다만 언니가 떠난 뒤, 혼자 남아 밤을 지새우며 생각한

끝에 한 가지 깨달은 것이 있다. 나는 언니에게 나를 혼자 두지 말라고, 같이 살아남자고 애원했지만 언니는 내게 그런 말을 하지 않았다. 언니도 분명 외롭고 무서웠을 것이다. 가장 사랑하는 사람에게 지지받고 뜻을 함께하고 싶었을 것이다. 그러나 언니는 내게 어떤 부탁도, 강요도 하지 않았다. 언니는 끝까지 온전한 자기 자신인 채로 죽기를 택했으나 나는 내가 아닌 채로라도 살아남기를 바랐다.

그건 어쩌면, 네가 더 이상 네가 아니어도 사랑한다는 의미가 아닐까.

초콜릿 물을 다 마신 뒤 컵을 싱크대에 갖다 놓는다. 설거지는 안 해도 될 것이다. 테라-K에 모든 주거용품이 마련되어 있으니, '바깥'에서는 아무것도 가져올 필요가 없다고 전달받았기 때문이다. 선별된 모든 이가 테라-K에 입주하고 나면 이곳은 건물째 '분리수거'될 예정이다. 인간이 떠난 텅 빈 공터는 언젠가 식물이 뒤덮을 것이고 그러면 동물들도 다시 찾아올지 모른다.

세계환경정부는 자연이 스스로 재생할 수 있는 능력을 되찾는 그 시점을 약 500년 후로 예상하고 있다. 그런 먼 미래의 일을 생각하다 보면 언니가 버섯이 된 것도 조금은 받아들일 수 있게 된다. 어차피 그때가 되면 나도, 언니도 똑같이 세상에 없을 테니까.

언니를 건드리지 않도록 조심하면서 언니의 침대에 눕는다. 깊이 숨을 들이쉬어 퀴퀴하고 습기 찬 공기를 폐에 가득 채워 넣는다. 혹시 눈에 보이지 않는 언니의 포자가 공기 중에 떠다니고 있다면, 이건 어떤 연인도 나눌 수 없는 딥 키스일지도 모른다. 그런 생각을 하며 나는 조금 웃는다. 아마 언니가 들었다면 틀림없이 언니도 웃었을 것이다. 언니는 내 농담을 좋아했고, 자신의 웃는 얼굴을 좋아하는 나를 좋아했고, 아니 그냥 나를 정말로 좋아했으니까.

한편, 다른 우주에서는

팀장의 눈썹은 한껏 치켜올려져 있었다. 이마를 넘어 거의 두피가 시작하는 지점까지 닿을 정도로. 그건 설명을 요구한다는 뜻이었다. 나는 부서진 차원문 앞에 서서 진땀을 뻘뻘 흘렸고, 고작 이런 변명밖에 하지 못했다.

"아시잖아요, 팀장님. 메이웨더였어요. 복싱선수인 그…… 메이웨더요."

막을 수 있다면 네가 막아보시지, 길길이 날뛰며 문을 걷어차는 세계 복싱 챔피언을. 팀장은 대답 없이 돌아섰다. 변명은 그쯤 해두라는 거겠지. 우리는 차원문을 수리하러 온 기술자들이 일하는 모습을 묵묵히 지켜보았다.

문은 금세 고치겠지만 어마어마한 수리비가 나올 터였다. 아, 물론 메이웨더에게도 그 사실을 알려주긴 했다. 청구될 수리비를 듣더니 한 번 더 걷어차는 바람에, 문틀만 남았던 차원문이 완전히 부서지고 말았지만.

"어…… 그래서 다음 고객은 누구죠? 버락 오바마? 리어나도 디캐프리오? 제발 운동선수는 아니었으면 좋겠네요. 무사히 퇴근하고 싶거든요."

팀장은 웃지 않았다. 그저 나를 빤히 바라보고 있을 뿐이었다. 눈썹은 아직도 두피에 가깝게 올라간 채였다. 그 눈썹을 바라보며, 나는 오늘만 스무 번쯤은 한 생각을 또다시 하기 시작했다. 이 거지 같은 일을 그만두고 싶다는 생각. 그러나 그럴 수는 없었다. 대학 졸업장은 커녕 스페이스십 운전면허조차 없는 내가 다른 일자리를 구하기란 그야말로 하늘의 별 따기일 테니까. 그러니어쩔 수 있나, 최대한 말을 아끼고 표정은 부드럽게 유지해야지.

기술자들이 새로 만든 문틀에 문짝을 끼워 넣었다. 그

들은 시험 삼아 몇 번 여닫아보고는 팀장에게 고개를 끄덕였다. 문을 다 고쳤다는 신호였다. 이번에는 팀장이 나를 보고 고개를 끄덕였다. 그건 앞으로 또 이런 일이 생기면 국물도 없으리라는 뜻이었다. 젠장, 여기 우리말 할 줄 아는 사람 없어요? 나도 우주국제공용어를 구사하는 지구인이거든요……? 하지만 나도 어색하게 웃으며 그저 고개를 끄덕여 보였다. 팀장이 이해했는지는 모르겠지만 당연히, 그건 빨리 꺼지라는 뜻이었다.

차원문의 작동법은 아주 단순하다. 바로 그렇기 때문에 나처럼 못 배워먹은 놈도 차원문 관리자로 일할 수 있는 걸 테지만. 고객이 가고 싶은 곳을 말하면, 문에 달린 두 개의 다이얼을 거기에 맞게 돌리면 된다. 그것뿐이다. 어쩌면 차원 여행을 마치고 나온 고객들에게 스페이스십을 세워둔 주차장으로 돌아가는 길을 설명하는 게 이 일에서 가장 어려운 부분일지도 모른다. "나가셔서 좌측, 우측 그리고 다시 우측에서 좌측입니다."

훈련된 원숭이도 할 수 있을 만큼 쉽다는 점 외에도, 이 일에는 또 다른 장점이 있다. 차원문 이용 요금은 천문학적으로 비싸다. 당연히 아무나 이용하지 못한다. 배우, 정치인, 재벌, 뭐 그런 사람들을 빼고는. 여기서 일하는 동안 나는 텔레비전에서 평생 본 것보다 더 많은 유명인을 실제로 만났다. 물론 모두가 젠틀하고 나이스하지는 않았지만, 그 역시 이 직업의 특성상 어쩔 수 없는 일인 것 같기도 하다.

방금 차원문을 산산조각 낸 메이웨더를 예로 들자면, 그는 자기가 복싱을 하지 않았다면 어떤 삶을 살게 되었을지를 알고 싶어 했다. 때문에 그는 1992년, 미시간에 걸려 있는 무한개의 다중우주 중 어느 한곳을 택해 차원문을 넘었다. 그가 복싱을 시작했다는 다섯 살 이전으로. 물론 그곳에서도 메이웨더의 아버지는 마약상이었고 어머니는 마약중독자였다. 그러나 그들은 아들을 복서로 키우는 대신 자기들의 마약 사업을 물려주었다. 그건 나쁘지 않은 선택으로 밝혀졌다. 어린 메이웨더는 스무 살이 되기도 전에 미국 중북부에서 유통되는 대부분의 마약을 독점 거래했고, 서른 살에는 그동안 모은 자본을 이용해 할리우드를 쥐락펴락할 수 있는 규모의 영화사를 차려 세계에서 손꼽히는 거부가 되었다. 이비사에 소유한 프라이빗 리조트에서 격렬한 밤을 보내다 심장마비로 생을 마감하는 일흔아홉 살까지, 다른 차원의 메이웨더는 완벽하게 행복한 삶을 살았다. 그리고 바로 이 사실이 메이웨더(그러니까 우리 우주에 존재하는 메이웨더 말이다)를 미치도록 분노하게 만들었다. 모든 것을 보고 돌아온 그는 자기에게 복싱을 시켰던 늙은 아버지 대신 눈앞에 보이는 물건, 그러니까 차원문에 대고 화풀이를 했다. "내가 뭣 때문에 이 고생을 하면서 여기까지 올라왔는데! 안 하는 게 나았잖아! 다른 차원을 더 보여줘! 복싱을 안 하는 내가 불행하게 사는 그런 우주는 없어?" 그는 이성을 잃고 괴성을 지르며 끝없이 문을 걷어찼다. 지금까지 여기 찾아왔던 다른 이들이 그랬던 것처럼.

어떻게 말릴 수 있단 말인가.

거기까진 이해할 수 있다. '그때 그렇게 하지 않았다면, 혹은 그때 그렇게 했다면 어땠을까.' 누구나 삶을 돌아보면 한 번쯤은 이런 궁금증을 품게 되는 구간이 있을 테니까. 유명인이라고 다를 것은 없었다. 2022년 우크라이나 침략전쟁을 벌이지 않았더라면 지금의 우주 망명자 신세를 면할 수 있었을지 궁금해했던 블라디미르 푸틴이 그랬고, 2000년 모잠비크에서 말라리아에 걸려 사경을 헤맸을 때 자신이 죽었다면 그 이후 어떤 일들이 벌어졌을지 알고 싶어 했던 일론 머스크도 그랬다.

　그러나 그 궁금증을 해결하고 차원문을 돌아 나온 이들은 행복한 표정을 하고 있지 않았다. 누구도 지금의 자신에게 만족하지 않았으니까. 이상한 일이 아닐 수 없었다. 내가 가지 않은 길을 간 다른 차원의 내가 행복하다면 충분히 화를 낼 수 있다. 그건 이곳에서의 내 선택이 틀렸다는 뜻이니까. 그런데 그 반대의 경우, 그러니까 다른 차원의 자신이 훨씬 불행하게 살고 있는 걸 보고 온 뒤에도 그들은 화를 내거나 우울해했다. 지금 갖고 있지 않은 어떤 것들을 또 다른 자신은 갖고 있다는 게 이유였다. 예를 들면, 본격적으로 영화판에 뛰어들지 않았다면 어떤 삶을 살았을지 궁금해하며 〈매드 맥스〉 오디션 전날로 돌아갔다 온 멜 깁슨은 차원문을 터덜터덜 걸어 나오며 이렇게 말했었다. "시시껄렁한 얼간이로 살다가 마흔세 살에 심근경색으로 끝났어. 그래, 그렇지만 적어도 장례식장에선 수십 명이 소리를 지르며 울더군. 그놈이 부러워." 그러고는 고개를 절레절레 흔들며 떠났다. 나로서는 이해할 수 없는 노릇이었다.

모르는 게 약이라는 오래된 지구 속담이 있다. 여기 앉아 있으면서 확실히 깨달은 사실이기도 하다. 저토록 돈이 많은 사람들도 그런데, 나처럼 후회투성이 삶을 살아온 놈이라면 더더욱 그렇겠지. 나는 정말로 알고 싶지 않다. 그냥 지금까지 내가 택했던 것들이 우연하게도 가장 좋은 선택지였음을, 그러므로 모든 다중우주에서 가장 행복하고 잘된 놈은 바로 여기 있는 나라고 믿고 사는 편을 택히겠다. 사실, 모든 우주의 나를 통틀어도 차원문

관리자 이상으로 잘나가는 놈은 없을 거라는 확신이 들
긴 하지만 말이다.

삼두 고양이

　뭐 누구나 자기 집 고양이가 제일 사랑스러운 법이겠지만, 우리 집 루루는 정말 똑똑하고 특별한 녀석이란 말이지.

　루루는 겉보기엔 보통의 삼두 고양이랑 비슷해. 세 개의 머리에 각각 푸른색, 호박색, 초록색 눈동자를 갖고 있다는 점이 조금 특이하려나. 대부분의 삼두 고양이가 그렇듯 세 개의 머리는 성격이 약간씩 달라. 왼쪽 머리는 성격이 급하고 간식을 주면 제일 먼저 달려드는 데 비해 오른쪽 머리는 뭐든 느릿한 데다 양치질이나 귀 청소도 싫어하지 않아. 가운데 머리는 글쎄, 중간이라고 해야 되나.

뭐든지 그저 그래 하는 녀석인데 또 가끔 보면 호불호가 확실한 면도 있고.

　루루를 처음 만난 건 재작년 겨울 아침이었어. 여느 때처럼 출근을 하려고 스페이스셔틀을 타러 가는 길이었는데, 골목 귀퉁이에 무슨 더러운 천 조각 같은 게 놓여 있는 거야. 다른 때 같았으면 그냥 지나쳤겠지만 그날따라 왜 그게 뭔지 궁금했을까. 발로 툭 건드렸더니 움찔 움직이더라고. 어미가 버리고 간 아기 삼두 고양이였던 거야. 어쩌겠어, 그대로 두면 얼어 죽을 텐데. 그대로 오전 반차를 쓰고 녀석을 우주생물병원에 데리고 갔어. 그날부터 루루는 내 가족이 되었지.

　루루의 털은 눈처럼 희고 세 머리의 울음소리는 속삭이는 것처럼 부드러워. 쓰다듬고만 있어도 저절로 마음이 편안해진다니까. 하지만 우리 루루가 다른 삼두 고양이들보다 뛰어난 건 바로…… 루루에게는 혜안이 있다는 점이야. 왜, 삼두 고양이들은 머리 세 개만큼 현명하다는 옛말도 있잖아. 그게 정말이라면 우리 루루는 머리 서

140

른 개만큼은 똑똑한 것 같아. 루루는 모든 것의 답을 알고 있다니까!

예를 들자면 음, 지난주엔 회사에서 중요한 프레젠테이션이 있었어. 까다로운 바이어들 앞에서 우리 회사 물건을 좀 사달라고 어필하는 그런 거 말야. 개발에만 천문학적인 금액을 들인 제품이었고, 그날 온 바이어들은 그 개발비를 상회하는 지불 능력이 있는 사람들이었어. 내가 얼마나 열심히 프레젠테이션 준비를 했는지는 말할 필요도 없겠지. 그날을 위해 지구에서 제일 고급스러운 정장을 준비했는데, 문제는 거기에 무슨 넥타이를 매야 할지 모르겠다는 거였어. 우리 회사의 열정을 보여줄 빨강? 요즘 유행하는 지속 가능한 우주개발이라는 모토에 따라 초록? 아니면 그냥 무난하고 럭셔리한 파랑? 이것저것 매어봤지만 출발 시간이 임박하도록 도저히 결정할 수가 없었어. 그럴 때 도와주는 게 바로 루루야. 나는 루루에게 넥타이 세 개를 하나씩 보여줬어. 루루는 세 개의 머리를 갸웃거리면서 그것들을 똑바로 바라보다가, 빨간

색을 앞발로 움켜잡았어. 그 빨간 넥타이를 매고 한 프레젠테이션은 당연히 최고였고. 천왕성에서 온 한 바이어에게서 넥타이 색깔이 인상적이라는 말까지 들었다니까. 천왕성인들은 패션에 민감하기로 유명하잖아.

아무튼 루루의 똑똑함은 이루 말할 수가 없어. 지금 내가 무사히 직장에 다니고 있는 것도 루루 덕분이야. 두 회사의 면접에 동시에 붙었는데, 루루가 지금 회사의 합격 통보서를 골랐거든. 다른 회사는 그로부터 세 달도 지나지 않아서 주가조작 사실이 밝혀졌고 뭐, 폭삭 망했지. 거기 대표는 아직도 우주 수배자 신세야. 참, 여름휴가를 수성의 워터 파크 대신 목성의 대초원으로 선택한 것도 루루 덕분이었어. 그해가 바로 수성 워터 파크 해파리 테러 사건이 있었던 때였거든. 꼼짝없이 해파리 독에 쏘이는 대신 목성에서 페가수스를 탈 수 있었지.

그래, 목성 얘기가 나온 김에 그 휴가 얘기를 좀 해볼까.

지금은 시간이 지났으니 말할 수 있을 것 같아. 우린 사귀는 사이였어. 음, 꽤 오래된 사이였고. 그 친구도 직장인이었는데, 어찌어찌 여름휴가를 맞출 수 있게 돼서 같이 목성엘 가게 된 거야. 가기 전까진 즐거웠지. 우린 지구 시간으로 열흘 정도 머무를 계획이었어. 패키지여행 대신 배낭여행을 선택한 게 어쩌면 잘못이었을지도 모르겠네. 2인승 캡슐 우주선을 렌트해서, 마음껏 대초원을 누비면서 야생 우주생물들을 구경하고 캠핑을 하기로 했었어. 우리 둘 다 그런 걸 좋아했거든. 문제는 없을 줄 알았어. 별일이라고 해봤자 대초원의 붉은 먼지폭풍 속에서 우주 벼룩에게 쏘이는 정도겠거니 생각하곤 살충제나 열심히 챙겼으니까.

온 우주인이 여름휴가를 보내고 있었던 시기라 목성 입성심사 줄은 바글바글했지만, 알다시피 목성이 워낙 넓잖아. 공항에서 나와 렌털 캡슐 우주선의 키를 건네받은 사람들이 뿔뿔이 흩어지고 나니 우린 곧 단둘이 남게 됐어. 그땐 다들 수성이나 금성으로 여름휴가를 가는 분위기였거든. 그때까지만 해도 뭐, 좋았지. 우리는 공항 주변에 형성된 번화가를 빠르게 빠져나와서 대초원을 향해 우주선을 몰았어. 트렁크에는 지구형 중력 처리가 된 텐트랑 우주식량 열흘 치가 들어 있었고. 우주선 바깥에서 산책하거나 페가수스를 탈 때 입으려고 챙겨 온 간편한 우주복도 두 벌 있었어.

며칠간은 즐거웠어. 목성의 여러 위성에서 온 특산물 요리를 먹어보고, 소원하던 페가수스도 한 마리씩 타봤어. 역시 날개 달린 말이라 그런지 캡슐 카랑은 비교도 안 될 만큼 빠르더라. 초속 수백 미터의 붉은 폭풍 속에 번개가 번쩍거리는 풍경은 또 어떻고. 우주선을 아무 데나 세워놓아도 창밖으로 절경을 볼 수 있었어.

그렇게 목성에서 즐길 만한 것들을 다 즐기고 나서도 사흘이나 휴가가 남았을 때였어. 점점 지루해진 우리는 미친 짓을 한번 해보기로 했어. 남들이 가지 않는 곳을 탐험해보기로 한 거야. 그때까지만 해도 목성에는 아직 개발되지 않은 자연지역이 많이 남아 있었어. 혹시 알아? 우리가 전혀 새로운 뭔가를 발견할지도 모르잖아.

그 계획에 대해선 아무한테도 말하지 않았어. 지구도

아닌 목성의 미개발 지역에 가는 건 확실히 위험한 일이었으니까. 그래도 우린 심각하게 생각하진 않았어. 부랑자들이나 야생 우주생물 떼를 만나면 캡슐 우주선을 타고 도망치면 되고, 고립된다면 구조 요청을 하면 된다고 생각했으니까. 연료도 식량도 넉넉하겠다, 시간도 많이 남았겠다 두려울 게 없었지.

즉흥적으로 결정한 뒤 우린 바로 행동에 옮겼어. 내비게이션을 꺼버리고, 대로를 은근슬쩍 벗어나서 무조건 목성 북쪽으로 우주선을 몰았어. 남쪽보단 북쪽이 덜 험난하다는 말을 들었거든. 중심지를 벗어나니까 순식간에 주변은 황량해졌고 생물은 찾아볼 수 없어졌어. 그냥 완전히 붉은 폭풍뿐이었지. 우리는 노래를 크게 틀어놓고 과자를 마구 먹으면서 아무렇게나 우주선을 몰았어. 그래, 거기까지는 꽤 재미있었어.

얼마나 달렸을까, 슬슬 좁아터진 캡슐 우주선에 질린 우리는 그냥 아무 데나 우주선을 세웠어. 내려서 주변을 좀 둘러볼 생각이었지. 우주복을 갈아입은 뒤엔 내 로프를 우주선에 연결하고, 내 우주복과 그 애의 우주복을 로프로 연결했어. 그 애랑 나 사이의 로프 길이는 1킬로미터, 나와 우주선까지의 로프 길이는 2킬로미터. 마음껏 돌아다니다가 로프를 그대로 감으면서 돌아오면 될 거라는 계산이었지.

처음에는 둘이 손을 잡고 함께 움직였어. 그러다가 자연스럽게 떨어지게 됐지. 나는 SNS에 올릴 사진을 찍고 싶었고 그 애는 야생 우주생물이 있는지 보고 싶었거든. 일정 거리 이상 떨어지자 우주복끼리 연결된 워키토키의 통신이 끊어졌어. 우리 사이의 거리는 1킬로미터나 됐지만, 말했듯이 잘 연결돼 있었으니 서로를 잃어버릴 걱정은 하지 않았어. 난 멋진 절벽을 발견했고 그쪽으로 걸어갔어. 셀프 카메라를 실컷 찍다가 휴대폰을 봤는데 거긴 통신이 불가한 지역이라고 뜨더라. 그제야 우리가 멀리 나오긴 했구나 싶었어. 겁도 좀 났고, 그래서 그 애 쪽으로 돌아가려고 로프를 잡아당기면서 되돌아갔지. 이윽고 붉은 폭풍 사이에서 그 애의 모습이 보이기 시작했고, 워키토키도 다시 작동하기 시작했어.

동시에, 내 우주복 안에 달린 스피커에서 그 애의 비명 소리가 울려 퍼졌어.

당시엔 그 애가 돌아선 채로 우뚝 서 있다고 생각했어. 그런데 자세히 보니까 양쪽 종아리 아래가 전혀 보이지 않았어. 무슨 상황인지 몰라 어리둥절해하고 있는데 그 애가 소리쳤어. 늪에 빠졌다고, 도저히 다리를 빼낼 수가 없다고, 도와달라고. 늪? 그제야 생각이 나더라고. 목성은 무거운 대기로 이루어져 중력이 강한 늪이 사방에 있으니 함부로 우주선에서 내리지 말라는 말을 들은 적이 있다는 걸. 나는 소리를 지르며 로프를 힘껏 잡아당겼지만 소용없었어. 그 애의 몸은 천천히 빨려들어 가고 있었고, 우주복끼리 연결된 로프 때문에 내 몸까지 그쪽으로 쏠리며 균형을 잃을 지경이었어. 몰아치는 붉은 먼지폭풍 사이에서 그 애의 모습이 잠깐씩 사라졌다 다시 나타날 때마다 그 애는 작아져 있었어. 어느덧 무릎 위까지 빠져 있었지. 양손을 땅에 짚고 다리를 빼내려고 애썼지만 오히려 팔까지 빠지는 바람에 옴짝달싹도 못 하는 상태가 되어버린 모습으로.

아직도 그 애의 목소리가 귀에 생생해. 내 이름을 부르면서 도와달라고 외치는 소리가.

내가 최선을 다하지 않은 건 아니야. 나는 정말 애썼어. 애썼다고. 죽을힘을 다해서 로프를 잡아당겼어. 태어나서 그렇게 힘을 써본 건 처음이었을 만큼. 그런데 아무 소용이 없더라. 오히려 당기면 당길수록 내 몸까지 그 늪 쪽으로 딸려가는 거야. 처음엔 로프를 당기는 데 정신이 팔려서 몰랐는데, 어느 순간 내 발밑이 약간 물렁해졌다는 걸 느끼자마자 소름이 쫙 돋더라.

글쎄, 너라면 어떻게 했을 것 같아?

난 로프를 놓았어. 그리고 그 애와 나 사이의 로프를 풀어버렸어.

로프를 당기는 힘이 사라졌다는 걸 안 그 애가 내 이름을 불렀어. 그 목소리는 화나지도, 심지어 절망하지도 않은 것처럼 들렸어. 그저 내 이름을, 마치 아무 일도 없는 어느 날 아침, 자고 일어났을 때 거실에 먼저 나와 있던 그 애가 나를 바라보며 내 이름을 부를 때처럼. 나는 대답하지 않았어. 그 애가 무슨 말을 할지 겁이 났으니까. 생각하기도 전에 내 손가락은 워키토키 전원을 끄고 있었지. 그리고 난 도망쳤어. 방금 그 애와 연결된 로프를 당기던 것처럼, 어쩌면 그보다 훨씬 더 센 힘으로, 우주선에 연결된 반대쪽 로프를 미친 듯이 끌어당기면서. 로프가 이끄는 대로 우주선 쪽으로 달리면서 난 한 번도 뒤돌아보지 않았어. 어떻게 돌아볼 수 있었겠어.

우주선으로 돌아가서 내비게이션을 켜고 대로 쪽으로 갔고, 통신가능구역에 접어들자마자 구조 요청을 보냈어. 하지만 목성 구조대는 늪에 빠졌다는 얘기를 듣더니 아무것도 해줄 수 있는 게 없다며 고개를 가로젓더라. 도대체 왜 그런 곳에 갔느냐는 힐난을 뒤로하고 난 혼자 지구로 돌아왔어. 그 애의 가족들에게는 우리가 로프로 연결되어 있었다는 얘긴 하지 않았어. 그냥 그 애가 혼자 나가고 싶어 했고, 나는 홀로 우주선에 남아서 그 앨 기다렸다고 말했어. 그러다 늪에 빠졌다는 무전이 와서 나가보 았지만 이미 때는 늦어버렸다고. 내 말을 다 믿는 눈치는 아니었지만 어쩔 수 없었지. 어쨌든 그 애는 돌아올 수 없 는 곳으로 가버렸으니까.

그래, 그게 그 휴가의 전말이야.

오래전 일이지만 아직도 가끔, 아니 사실은 자주 생각 해. 내가 잘못한 걸까. 어떻게 했어야 옳은 걸까. 루루를 만나고 루루의 능력을 알게 된 이후 가장 처음 물어본 것 도 그거였어. 내가 잘못한 거야? 라고. 그런데 말야, 말로 도 물어보고, 종이에 써서 고르게도 하고, 온라인 사다리 게임으로 선택하게도 해봤는데 루루는 매번 같은 답을 골랐어. 내가 잘못한 게 아니라고, 넌 어쩔 수 없었다고.

그러고 나서 루루는 항상 부드럽게 울면서 세 개의 머 리를 내 무릎에 비벼와, 마치 나를 위로하듯이. 그런 루루 의 머리를 쓰다듬고 있으면 왠지 마음이 편해지는 것 같 아. 하지만 한편으로 그런 생각을 해. 그 애가 마지막으로 하려던 말은 뭐였을까, 하는. 원망이나 저주였을까? 아니면 너라도 어서 안전한 곳으로 피하라는 말이었을까? 알고 싶지만 그것만은 도무지 물어볼 수가 없어. 나는 그저 루루의 머리 세 개를 번갈아 한 번씩 쓰다듬을 뿐이야. 내가 잘못한 게 아니야, 하고 되뇌면서.

다른 이야기

남편이 출근한 오후, 슬슬 배가 고파져 남은 찌개나 데워 먹을까 하던 참이었다. 초인종이 울렸다. 누구세요, 하며 인터폰을 바라보았는데 거기 내가 서 있었다.

"나야."

문 바깥에서 내 목소리가 들렸다. 나는 눈을 비비고 인터폰 화면을 다시 보았다. 화질이 별로 좋지 않은 네모난 작은 화면으로 보아도 저건 분명 내가 맞았다. 인터폰을 똑바로 바라보는 습관까지도. 나는 현관으로 걸어가 문에 달린 동그란 구멍으로 바깥을 한 번 더 내다보았다. 나는 혼자 있는 것 같았다. 망설이다가, 나는 문을 열어주었다. 나는 성큼 현관으로 들어왔다.

"갑자기 찾아와서 미안. 조금만 둘러보고 갈게."

나는 다짜고짜 신발을 벗고는 집 안으로 올라섰다. 어안이 벙벙한 채로, 나는 거실로 들어가는 나의 뒷모습을 살폈다. 나는 목 주변에 너구리 털 같은 것이 두껍게 달린 카키색 점퍼에 펑퍼짐한 검은 바지, 그러니까 내가 절대로 입지 않을 법한 스타일의 옷을 입고 있었다. 게다가 저 단발머리는 뭐람, 안 그래도 튀어나온 광대뼈가 더 도드라지잖아. 나는 못마땅한 티를 팍팍 내며 나를 쳐다보았는데 나도 마찬가지로 못마땅한 얼굴을 하고 있었다.

"구질구질하게 사네."

집 안을 휙 둘러본 내가 그렇게 말하고는 소파에 펄썩 기대듯 앉았다. 툭 내던지는 말투는 물론 그 앉는 모양새가 나랑 너무 똑같아서, 나는 기분이 나쁜 와중에도 그 모습을 기억해두었다. 저렇게 앉으니 정말 볼썽사납구나, 앞으로는 저러지 말아야지 하면서.

"남편은? 아직도 같이 살아?"

"……출근했어."

"회사는 어디 다니는데? 아직도 그 조그만 인쇄 회사 다녀?"

"응."

나는 더더욱 못마땅한 표정이 되더니, 길게 길러 매니큐어를 칠한 손톱을 소파 테이블에 딱딱 두드리며 입을 비죽거렸다. 내가 젊었을 때 자주 짓던 표정이었는데 남편과 살기 시작한 이후로 없어진 버릇이었다. 다툴 때 저 표정을 지으면 잠깐 말다툼으로 끝날 것이 하루 종일 가는 대형 싸움이 되곤 했기 때문이었다.

"난 결혼 안 했어."

입을 비죽이는 내가 말했다. 그제야 나는 내가 어느 시점부터 둘로 나뉘었는지 깨달았다. 결혼부터구나. 그렇다면 내가 찾아온 건 나 때문인지도 모른다. 관계가 있는지는 모르겠지만, 요즘 들어 나는 부쩍 결혼 전의 생각을 하고 있었다. 결혼하지 않았더라면 어땠을까, 하는 생각을. 딱히 남편과 문제가 있는 것은 아니었다. 남편 때문에 접어야 했던 꿈이라거나 특별난 불만 따위가 있는 것도 아니었다. 먼저 결혼한 친구들은 내게 자신들도 그랬다 며, 지금쯤 그런 생각이 슬슬 드는 시기라고들 말했다. 물론 그런 말을 나에게 하지는 않을 거였다. 이미 탐탁잖은 얼굴을 하고 있는 내가 그런 얘기를 들으면 뭐라고 할지 뻔했으니까. 시침을 뚝 떼고 나도 소파에 앉으니 내가 툭 말했다.

"커피라도 줘."

"커피 끊었어. 남편이 위궤양 생겨서."

"남편이 위궤양인데 네가 왜 커피를 끊어."

건수라도 잡았다는 듯 날카로운 목소리였다. 나는 입을 딱 다물었다. 구차한 변명 대신 찬장 깊숙이 숨겨두었던 믹스커피를 꺼내 왔다. 두 봉을 툭툭 털어 한꺼번에, 물은 아주 조금만. 커피가 아니라 걸쭉한 젤리같이 된 그것을 나는 호록호록 소리를 내며 맛있게도 마셨다.

"역시 내 취향을 잘 아네."

"잔소리는 됐고, 돌아가. 나 행복하게 잘 살고 있으니까.”

“안 그래도 이것만 마시고 갈 거야. 볼 건 다 본 거 같으니까.”

말은 그렇게 하면서도, 나는 커피 잔을 든 채 일어서더니 거실을 왔다 갔다 하며 이것저것을 살펴보았다. 텔레비전 위에 걸린 결혼사진을 보고는 드레스가 촌스럽다고 평했고, 식탁 의자를 덮어둔 손뜨개 방석을 갖고는 아직도 실력이 형편없다고 했다.

“뜨개질할 시간이 있는 거 보니 한가한가 보네.”

“한가하긴, 나도 바빠.”

“남편 수발드느라?”

빈정빈정 웃으며 비꼬는 말에 짜증이 버럭 났다. 나도 지지 않고 쏘아붙였다.

“그러는 너는 뭐 하고 사는데? 너도 너 사는 게 마음에 안 들어서 여기 와본 거 아냐?”

“마음에 안 들긴, 난 너무 행복한데.”

나는 다 마신 커피 잔을 싱크대에 갖다 놓으며 노래하

듯 말했다.

"회사 다니면서 내 밥벌이는 하고 살아. 고양이도 키우고, 주말엔 테니스도 치고. 넌 그런 거 못 하지? 네 남편은 연애할 때도 운동이라면 질색하는 샌님이었으니까."

나는 뭐라고 받아치려다가 그만 입을 다물었다. 알 수 있었다. 저건 나였으니까. 내가 저렇게 못되게 말할 때는 마음속이 이미 문드러질 대로 문드러진 후였다. 입으로 뱉는 것이 말이 아니라 독이라는 걸 알면서도 제어하지 못하고 나오는 대로 떠들고 나서야 너무 심했나 하고 찔끔 후회하는 나쁜 습관, 잘 알지. 그럼 그럼. 나는 이미 무참한 표정을 짓고 있는 나를 가만히 바라보았다.

"······아무튼, 다 마셨으니까 갈게. 커피 고마웠어."

나 역시 내가 무슨 생각을 하는지 알아챘는지, 내 눈을 마주 보지 못했다. 벗지도 않았던 외투를 한번 고쳐 입고는 그대로 현관으로 향했다. 나는 나를 따라가며 말했다.

"또 와. 어떻게 왔는진 모르겠지만."

현관문을 잡은 내가 말했다.

"안 올 거야."

그러고는 그대로 나가버렸다. 이윽고 계단을 내려가는 발자국 소리가 타닥, 타닥 들렸다. 멀쩡한 엘리베이터를 놔두고 계단으로 다니는 버릇까지 나랑 똑같구나, 아니 저건 나니까 어쩔 수 없나. 나는 방금까지 내가 앉아 있던 소파에 앉았다(털썩 기대지 않도록 주의했다). 보자, 내가 결혼한 지 올해로 5년째니까 나는 남편과 헤어진 지 5년이 되었겠구나. 그렇다면 그 후로 다른 애인은 없었던 걸까. 아마 있었을 것이다, 나라면. 그다지 매력적인 편은 아니지만 기묘하게도 연애는 척척 잘하곤 했으니까. 아무튼 뭐가 잘 안 된 건지, 아니면 그렇게 마음을 먹어서인지 모르겠지만 결혼은 하지 않은 듯했다. 남편과는 왜 헤어졌을까, 생각하다 나는 피식 웃어버렸다. 당장 떠오르는 이유만도 수십 가지가 넘었기 때문이다. 자기 전에 양치질을 하지 않아서, 보리차를 다 마시곤 빈 병을 그대로 냉장고에 넣어두어서, 룸살롱 상호가 대놓고 찍힌 라이터를 무심하게 사용해서, 자동차 조수석에 쓰레기를 아무렇게

나 집어 던져서 나는 남편과 헤어지고 싶었었다. 그중 이별 사유는 뭐였을까. 저 모두였을지도 모른다. 그렇다면 나는 왜 저 모든 이유를 내버려두고 남편과 결혼했을까. 처음으로, 나는 내가 왜 이 사람과 결혼했는가를 곰곰이 생각해보았다. 그러다가 문득 깨달았다. 입맛이 비슷해서였던 것 같다고. 사실 그건 취향이 비슷하다기보다 남편의 식성이 무딘 것에 가까웠지만, 내가 좋아하는 곱창이며 닭발, 육회 같은 것들을 남편도 즐겼고, 먹는 것에서만큼은 우리는 쿵짝이 꽤 잘 맞았다. 매운 음식과 단것도 잘 먹어서 먹고 싶은 것을 먹고 싶을 때 함께 먹을 수 있었다. 그땐 그게 좋다고 생각했었다. 입맛이 비슷하면 세계관도 인생관도 비슷하게 마련이라고 믿었고 그런 것들이 비슷한 두 사람은 잘 지낼 수 있지 않을까 싶었다.

그래서 정말로 잘 지냈느냐 하면, 뭐 못 지낸 건 아니지만.

나는 이미 돌아가고 없는 나에게 방금 한 생각을 말하는 상상을 해보았다. 왜 결혼했느냐면, 입맛이 비슷해서야. 아마 나라면 이해해주려나. 물론 나니까 나를 이해하겠지만 분명 겉으로는 그런 바보 같은 짓이 세상에 또 있느냐며 쏘아붙였겠지. 그렇게 생각하니 그런 것도 같았다. 결혼이란 뭔가 더 운명적이고 타당한 근거로 이루어져야 하는 것이 아닐까. 이 사람이 아니면 안 된다는, 내 앞으로의 생에 이 사람보다 더 나은 사람은 없으리라는 그런 확신이랄까 무모함이랄까가 있어야 했던 것 아닐까. 그런 게 있었나. 아무리 생각해도 없었던 것 같은데. 그렇다면 남편에게는 있었을까. 그랬을지도 모른다. 본래 남편은 무딘 입맛만큼이나 무뚝뚝한 사람이라 간지러운 애정 표현은 애초에 기대하지도 않았지만, 동시에 남편은 계산적인 사람이기도 했으니까. 프러포즈를 하기 전에 그런 계산쯤은 있었을 것이다. 앞으로 더 나은 여자를 만날 확률, 이 여자와 결혼해서 만족스러운 삶을 누릴 확률, 기타 등등 이것저것에 대해서. 그렇다면 나는 남편의 테스트(라고 부를 수 있다면)를 통과한 셈이었다. 나는 테스트 따위 하지도 않았는데. 그런 생각을 하니 괜히 화가 났다. 여전히 계산이 느리고 속셈이 없구나, 나는. 아까 찾아온 내가 괜히 성깔을 부리고 간 것은 그 때문이었나. 아니, 지금 없는 속셈이 결혼을 안 했다고 해서 생길 것은 아니었으므로 아마 단발머리 나 역시 비슷할 테지.

그렇다면 어떻게 살고 있을까, 결혼하지 않은 채로 속셈이 없는 나는.

나는 저녁까지 그대로 소파에 앉아 이런저런 것을 생각했다. 그러느라 저녁 식사를 준비하지 못한 건 물론, 돌리고 있던 빨래며 다림질을 하려고 꺼내두었던 다리미며 전부 그대로 방치한 채로 해가 저물고 말았는데, 남편이 돌아오며 현관문 여는 소리를 듣고 나서야 아, 벌써 시간이, 하고 생각했다.

"뭐 하고 있어? 불도 안 켜고."

남편이 거실에 불을 켜며 말했다.

"어, 미안. 생각할 게 좀 있어서."

"무슨 생각?"

"아냐, 좀. 아무튼 저녁 준비도 못 했네."

"시켜 먹지, 뭐."

남편은 무심히 말하며 서류 가방을 내려놓고 겉옷을 벗었다. 지하철이 더웠는지 땀이 좀 배어 있는 남편의 이마가 오늘따라 유난히 넓게 보였다. 머리숱이 줄어들긴 했지, 저 사람. 나는 남편이 아무렇게나 소파에 걸쳐놓은 겉옷을 옷걸이에 걸며 생각했다. 옷을 걸어두고 나와보니 남편은 어느새 팬티 바람으로 소파에 앉아 있었다. 배달 앱을 보는지 휴대폰을 슥슥 넘기다가 물었다.

"배고파. 뭐 시킬까?"

"여보, 그런데 있잖아."

나는 갑작스럽게 말했다. 남편은 여전히 휴대폰에서 시선을 떼지 않은 채로 어, 대답했다. 나는 남편 곁에 다가앉았다.

"오늘 있잖아, 집에."

내가 찾아왔는데 단발머리를 하고 있더라고, 하는 말을 막 하려던 참이었다. 나는 문득 입을 다물고 무엇인가를 생각했다. 구체적으로 무엇을 생각했느냐면 사실은 남편의 뚱뚱한 엄지손가락이나 싱크대에 아직 그대로 놓여 있는 커피 잔, 아까 소파에 눕듯이 앉았던 나의 화장기 없는 얼굴 같은 것들을. 그래, 그런 것들을 생각하면서 내 입은 다른 말을 하고 있었다.

"잡상인이 왔다 갔어."

"잡상인? 아직도 그런 사람이 있어?"

남편은 심드렁하게 대꾸했다.

"문 안 열어줬지?"

"응, 가만히 있으니까 돌아가더라."

남편이 휴대폰을 내밀며 어때, 하는 표정을 지었다. 자주 시켜 먹곤 하던 곱창볶음 가게의 메뉴가 띄워져 있었다. 나는 고개를 끄덕였다. 그러자 왠지 앞으로도 이렇게 평생 고개를 끄덕일 수 있을 것 같다는 생각이 들었다. 그래, 이 정도쯤이야. 나는 속으로 웃었다. 아무것도 모르는 남편의 휴대폰에서 띠링, 하는 소리가 들렸다. 주문을 완료했다는 뜻이었다.

기쁨 목걸이

"이게 그 유명한 목걸이야?"

나는 조그만 상자에 든 목걸이를 꺼내 허공에 들어 올렸다.

"그렇다니까. 이거 구하느라 진짜 힘들었어."

나래가 생색을 냈다. 나는 목걸이를 앞뒤로 살펴보았다. 얇은 금줄로 된 체인 끝에 손가락 한 마디만 한 하트 모양의 빨간 펜던트가 달려 있었다. 어른이 하고 다니기엔 다소 유치한 디자인이었다. 이게 과연 제 기능을 할 수 있을까.

"오늘부터 빼놓지 말고 하고 다녀. 어땠는지 내일 꼭

애기해주고."

나래가 목걸이를 빼앗더니 직접 내 목에 걸어주었다. 그러고는 씩 웃었다.

"너 목이 길어서 잘 어울린다."

나는 괜히 목 언저리를 만져보았다. 아직까지는 아무 느낌도 없었다.

'기쁨 목걸이'라는 이름의 이 목걸이는 보기엔 마법 소녀 만화에나 나올 법한 장난감처럼 생겼지만 벌써 구매 대기자가 몇만 명을 넘어섰을 만큼 인기 있는 물건이었다. 만드는 법은 극비였고 모든 공정이 수작업으로 이루어진다는 것만이 알려져 있는데, 물량이 풀릴 때마다 판매 사이트가 다운되는 일은 예사였고 원래도 비싼 가격에 프리미엄이 붙어 원가의 서너 배로 거래되기도 한다고 들었다. 그러니 모르긴 몰라도 나래가 내 생일 선물로 이걸 사느라 무진장 애썼다는 말은 사실일 것이다.

이 목걸이의 기능은 이름만큼이나 단순했다. 착용자

의 도파민 분비를 체크해 수치가 늘어나는 순간, 즉 기쁨을 느끼는 순간을 사진 찍듯 캡처해서 원할 때 머릿속에다 재생해주는 것. 내장메모리가 적은 탓에 저장 기한은 하루 정도밖에 되지 않지만, 대신 인식 시스템은 아주 섬세하기로 유명했다. 스스로는 거의 느끼지 못할 정도의 적은 도파민도 여지없이 잡아내어 저장하는 터라 재생을 해보면 놀라는 일이 잦다고 했다.

뭐, 그렇다 한들 나한테도 효과가 있을지는 모르겠지만.

그러고 보니 정말로 오래되었다. 삶에 어떤 재미도 느끼지 못하게 된 것이. 사람 사는 것이 다 똑같으니 남들이라고 해서 뭐가 그렇게 매일매일 재미있겠느냐마는 내 경우엔 그게 좀 심했다. 일상이 지루하다고 울부짖는 사람들도 자세히 뜯어보면 사소한 취미쯤은, 좋아하는 것 하나쯤은 있게 마련이던데 내겐 그런 게 하나도 없었다. 그저 아침에 일어나면 자동으로 세팅된 로봇처럼 회사로 갔고 저녁이면 집에 돌아와 옷을 갈아입고 소파에 앉았다. 남들처럼 텔레비전 리모컨을 딸깍거리거나 유튜브,

넷플릭스를 왔다 갔다 했지만 딱히 뭔가를 보려는 마음은 아니었다. 그저 넘쳐나는 시간에 어떻게 맞서야 할지 모르겠어서, 무기력한 손가락이라도 놀리지 않으면 도저히 그 시간을 이길 수 없을 것 같아서 하는 발악에 가까운 행동이었다. 그렇게 멍하니 앉아서 시간을 흘려보내는 일에 집중하다 보면 잠이 왔고 또 똑같은 하루가 시작되곤 했다.

회사에서도 마찬가지였다. 제품디자이너로 첫 사회생활을 시작한 직장에서 어느새 8년이나 엉덩이를 붙이고 있었고 그간 직급은 사원에서 주임, 대리를 거쳐 과장까지 올라갔지만 늘어난 건 책임뿐, 연봉은 제자리에 일의 보람은 오히려 줄어들었달까. 애초부터 그다지 큰 꿈을 품고 입사한 회사는 아니었지만, 그래도 대학생 시절엔 나름 즐겁게 디자인을 공부해왔던 내가 이제는 주문하는 대로 찍어내는 공장이나 다름없이 변한 지 오래였다. 윗분들 입맛대로 로고는 최대한 큼직하게, 색깔은 무조건 화사하게. 어차피 소비자 취향보단 컨펌하는 상사들 취향에 맞추는 게 정답이니까. 아참, '레퍼런스'라는 미명 하에 유명 제품을 살짝 베껴 오는 센스도 잊으면 안 되지. 누군가는 일머리가 생긴 거라고 할 수도 있겠지만 재미 가 없기로는 이보다 더한 일이 없었다.

물론 나라고 해서 즐거움을 찾아보려고 애쓰지 않은 건 아니었다. 이대로는 정말 안 되겠다 싶어 이런저런 것 들을 해보기도 했다. 책을 읽어보겠답시고 팔자에도 없 는 독서 모임엘 쫓아다닌 적도 있었고 소모임 앱을 깔아 동네 친목 모임이며 배드민턴동호회 따위에 가입한 적도 있었다. 참, 운동을 하겠다며 퇴근 후 필라테스를 6개월 이나 끊은 일도 있었군. 그러나 그럴 때마다 열의는 채 일 주일을 가지 못했다. 집에 오면 그냥 아무것도 하기 싫어 소파에 늘어지기를 여러 번, 여기저기 핑계를 대가며 잡 아놓은 약속을 취소하고 모임에서 슬그머니 사라지기를 반복하고 나니 그 짓도 이골이 나고 말았다. 도대체 남들 은 어쩌면 그렇게 부지런한 건지. 딱히 몸을 쓰는 일을 하 는 것도 아니건만 퇴근하고 돌아오면 왜 그렇게도 파김

치가 되는지, 새로운 사람을 만나거나 뭔가를 시도할 에너지는 먹고 죽을래도 없었다.

그러니, 도대체 삶의 기쁨은 어디에 있는 걸까.

별로 신뢰가 가진 않았지만, 어쨌든 오늘 아침엔 옷 안에 기쁨 목걸이를 안 보이게 착용하고 출근했다. 선물한 성의가 있으니까 오늘 어땠는지 정도는 들려줘야겠지. 평소와 다를 것 없는 출근길을 걸어 지하철역으로 향했다. 무미건조한 표정으로 귀에 이어폰을 꽂은 직장인들의 물결에 섞여 나도 지하철에 올라탔다. 지하철이 역에 닿을 때까지 남들이 다 그러듯 나도 휴대폰을 만지작거리며 시간을 보냈다. 휴대폰에 집중하고 있어도 내릴 역은 놓치지 않지. 이제는 눈 감고도 찾아갈 수 있는 지하철역 출구를 빠져나가 회사로 걸었다. 매일 들르는 테이크아웃 커피점에서 아이스아메리카노를 한 잔 사는 것도 잊지 않았다.

그러고 보니 오늘은 전체 회의가 있는 날이었다. 회사에 도착하자마자 회의실에 모여 작업 스케줄이며 판매고에 관한 얘기를 나누고 나니 밀린 일거리들이 기다리고 있었다. 점심 식사는 쌀국수, 아니면 돈가스덮밥? 항상 식사를 같이하는 팀원들과 메신저를 주고받다 덮밥으로 정했다. 막내 직원을 미리 보내 줄을 서게 한 뒤 합류한 덕에 웨이팅 없이 식사를 무사히 끝낼 수 있었다. 밥을 먹은 뒤엔 햇볕을 쬐면서 회사 주변을 몇 바퀴 산책한 후 점심시간이 끝나기 1분 전에 사무실로 복귀했다. 그러고는 오후 내내 말 그대로 일만 했다. 특별한 사건도, 재미있는 일도 없었다. 포토샵과 일러스트레이터를 왔다 갔다 하며 그저 소처럼 묵묵하게 마우스를 놀렸을 뿐이다.

그러다 퇴근해서 집에 돌아온 참이었으니, 기쁨 목걸이에 전혀 기대가 되지 않는 건 어찌 보면 당연한 일이었다. 옷을 훌렁훌렁 벗어놓고 화장부터 지운 뒤 소파에 앉았으나 목걸이를 만지작대는 내 손은 누르기를 망설이고 있었다. 어차피 뭔가 있다면 목걸이가 재생해주겠지만, 오늘 하루를 돌이켜 생각해보니 도리어 평소보다 더 재미없는 일상을 보낸 듯해 도저히 재생할 만한 무엇이 있을 것 같지 않았기 때문이었다. 나는 나래의 얼굴을 떠올렸다. 먼저 말하진 않았지만 분명 목걸이에 대해 후기를 들려주기를 기다리고 있을 터였다. 에라, 모르겠다. 나는 소파에 깊숙이 기대앉았다. 눈을 감은 채 목걸이의 옆면을 손톱으로 꾹 눌렀다. 삑- 소리와 함께 감은 눈앞에 한 줄짜리 문장이 나타났다.

당신의 오늘 하루를 분석했습니다. 즐거운 순간이 12번 있었습니다.

뭐, 이렇게 많았다고? 놀라기도 전에 영상이 재생되었다. 첫 번째 영상은 아침이었다. 샤워를 하고 나온 뒤인 것 같았다. 나는 머리에 수건을 두르고 거울을 보고 있었는데, 손바닥 위에는 새하얀 보디로션이 듬뿍 얹어져 있었다. 그걸 보니 그제야 기억이 났다. 오늘 아침에 새로 산 보디로션을 처음 발랐었지. 좋아하는 브랜드가 세일을 하길래 아무 생각 없이 주문한 것이었는데 의외로 발

림성도 좋고 향도 마음에 쏙 들어 흡족했었다. 로션을 듬뿍 바르고 매끈매끈한 몸으로 욕실을 나왔던 그 순간. 그래, 이때는 좀 기분이 좋긴 했었지.

영상이 바뀌었다. 아마도 출근길인 듯했다. 오늘 출근길에 무슨 기쁜 일이 있었나? 생각하기도 전에 알 수 있었다. 지하철역으로 걸어가는 길, 매일 지나는 그 골목에는 붉은벽돌로 지어진 오래된 빌라가 여러 채 있었는데 한 집의 담장에 꽃이 만개한 능소화 덩굴이 흐드러지게 늘어져 있었다. 여름을 그대로 담아놓은 것 같은 그 아름다운 주황빛에 매번 마음을 빼앗기곤 했었다. 오늘도 그걸 보며 지났었구나. 무미건조하다고 생각했던 출근길에도 이런 예쁜 색깔이 있었구나.

그다음 장면에서 나는 커피를 들고 있었다. 하긴, 매일의 첫 커피 한 모금은 생명수이긴 하지. 무심코 빨대로 커피를 쭉 빨아올리면 크으, 온몸에 카페인이 쫙 퍼지며 잠시 동안이지만 피로가 싸악 가시는 이 느낌. 그리고 이어지는 장면은 아침 회의 시간이었다. 다른 건 몰라도 회의

때는 즐거운 일이 전혀 없었는데? 하지만 다음 장면을 보니 알 수 있었다. 옆자리에 앉았던 막내 직원이 책상 밑으로 옆구리를 쿡쿡 찌르며 건네준 노트, 거기엔 지금 프레젠테이션을 하고 있는 대표님 얼굴이 우스꽝스럽게 그려져 있었지. 고개를 푹 숙이고 몰래 끅끅거렸던 기억이 났다. 그래 뭐, 이것도 기쁨이라면 기쁨이었지.

그리고 점심시간. 맛집 없기로 유명한 동네지만, 그래도 그나마 가장 좋아하는 가게의 메인 메뉴인 김치돈가스덮밥의 돈가스를 한 입 베어 문 순간. 배불리 밥을 먹고 나왔을 때 가게 앞 골목길로 여름 햇살이 찬란하게 부서지는 걸 보고, 팀원들과 날씨가 좋다며 한마디씩 주고받곤 약속이나 한 듯 회사 근처 길목으로 산책을 하러 갔던 일. 매일 똑같은 일상이라고 생각했건만 목걸이가 재생해주는 장면을 보니 나는 꽤나 기분이 좋아 보였다. 그래, 그때 누군가 인터넷에서 봤다며 웃긴 얘기를 해주었었지. 덕분에 사무실에 돌아올 때까지도 배를 잡고 웃었던 기억이 났다.

그리고 오후 시간. 묵묵히 일만 했다고 생각했던 이때도 기쁜 순간은 있었다. 윗선에서 별로 마음에 들어 할 것 같지 않다고 여겨 올리면서도 찜찜했던 제품 시안들이 의외로 반응이 좋다는 귀띔을 들었을 때. 포토샵과 일러스트레이터를 동시에 돌리니 버티지 못하고 회색 화면을 띄우며 뻗어버렸던 고물 컴퓨터가 갑자기 기적처럼 제정신을 차렸을 때. 탕비실에 갔다가 다 떨어져 있던 얼음을 누군가 잔뜩 얼려놓은 걸 발견했을 때. 물론 뛸 듯이 기뻐 발을 동동 구를 만큼의 일들은 아니었지만 막상 다시 재생해보니 모두가 입가에 미소 정도는 띨 수 있을 만한 사건들이었다. 그래, 오늘 이런 일들이 있었지.

장면이 바뀌어 퇴근길이었다. 지하철역 안, 개찰구 옆 작은 꽃 가게에서 프리지아 꽃다발을 꺼내놓고 파는 것을 보았다. 줄 사람도 꽂아둘 곳도 없지만 한 다발 사볼까 싶을 만큼 탐스러웠다. 결국 사진 않았지만 눈여기는 것만으로도 기분이 좋아지는 향이었다. 그리고 집으로 돌아오는 저녁의 골목길. 열기가 서서히 식어가는 여름 저녁의 공기를 들이마시면서 걷다 놀이터에서 소리를 지르며 노는 아이들을 보았다. 뭐가 그렇게도 재미있을까, 나도 저러고 놀았던 적이 있었겠지. 경찰과 도둑, 지옥 탈출, 얼음땡 같은 어렸을 적 놀이들을 생각하니 괜히 기분이 좋았었다.

그리고 마지막 장면은 바로 몇 분 전의 일이었다. 소파에 앉아 목걸이를 만지작거리던 순간. 나는 이 목걸이를 목에 걸어주었던 나래를 떠올리고 있었다. 사는 게 재미없어 미치겠다는 친구를 위해 이걸 구하느라 애썼을 나래. 씨익 웃던 나래의 얼굴을 떠올리던 때 그래, 나는 조금 행복했었던 것 같다.

이윽고 영상이 꺼졌다. 나는 눈을 떴다. 소파에 앉아 있는 나는 그대로였지만 뭔가 새롭게 느껴졌다. 오늘이 이렇게 기쁜 일로 가득 찬 하루였었나. 평범하기 이를 데 없는 하루를 보냈다고 생각했는데. 누구를 향해서인지는 모르겠지만 어쩐지 살짝 민망하기도 했다. 나는 뒷머리를 긁적거리다가 그만 피식 웃고 말았다. 휴대폰을 가

저와 나래에게 메시지를 쓰기 시작했다. 그러다가 갑자기 길게 쓴 메시지를 전부 지워버리고는, 대신 전화를 걸었다.

"여보세요? 어, 나야……."

따개비

연희가 방파제에서 넘어진 건 우리가 강원도로 여름 휴가를 떠난 마지막 날의 일이었다. 7번 국도를 따라가며 내키는 곳마다 내리자는 러프한 계획으로 출발한 여행이었다. 낮에는 맛집과 분위기 좋은 카페를 찾았고, 밤에는 해변가의 아무 모텔에나 짐을 풀고 나와 하염없이 산책을 했다. 연희는 목줄 풀린 강아지처럼 뛰어다니며 웃고 소리치고 사진을 찍어댔다. 방파제까지 걸어갔다가 넘어진 것도 그러다 벌어진 일이었다. 방파제에 다닥다닥 붙은 따개비 껍질이 연희의 무릎을 호되게 긁어놓아 피범벅이 되고 말았다. 바로 숙소로 데리고 돌아와

상처를 살폈다. 면적이 넓긴 했지만 깊은 상처는 아닌 듯했다. 상처를 물로 씻어내고, 돌아오는 길에 사 온 광어회와 소주를 나누어 먹은 우리는 배를 두드리며 잠들었다.

그런데 다음 날 아침이었다. 자고 일어난 연희는 갑자기 이상한 꿈을 꾸었다고 말했다.

"아주 따뜻하고 무거운 이불 같은 것에 폭 감싸이는 꿈이었어."

"이불?"

"응. 그런데 이불이 뭐랄까, 너무 평화롭고 너무 따뜻해서 이대로 감싸여 있으면 큰일 날 것 같은 그런 느낌이었어."

열이 오른 듯 몽롱한 목소리였다. 그때 연희의 상태를 좀 살폈으면 좋았으련만, 나는 연희가 잠이 덜 깼다고만 생각했다. 교통체증을 피해 좀 이르게 서울로 출발한 차 안에서 연희는 내내 잤다. 연희를 집 앞에 내려주고 돌아오는 길에야 무릎의 상처 생각이 났지만 나중에 연고를 좀 발라두라고 해야겠다, 생각하고 무심히 잊고 말았다.

그날부터 연희에게서는 계속 연락이 없었고, 연희는 전화도 문자도 받지 않았다. 처음에는 실컷 놀아 피곤한가 싶어 내버려두었으나 이틀째부터는 슬슬 걱정이 되기 시작해, 저녁쯤 집에 찾아가보려던 참에 연희에게 전화가 걸려왔다. 그러더니 무슨 일 있느냐고 묻는 말에는 대답도 않고 대뜸 말했다.

"비밀 얘기 해줄까?"

"뭔데?"

"대신 하나만 약속해. 절대 병원 데려가지 않겠다고."

"병원? 어디 아파?"

"약속 안 하면 안 말해줄 거야."

그제야 나는 좀 이상한 것을 눈치챘다. 연희의 목소리가 평소와는 약간 달랐다. 꼭 누군가가 연희의 휴대폰에 달라붙어, 연희가 말할 때마다 흉내 내며 따라 말하고 있는 듯한 느낌이었다. 전화가 이상한가, 의아해하고 있는

데 연희가 재촉했다.

"약속할 거야?"

"응, 약속할게."

"그럼 지금 우리 집으로 와."

그리고 연희는 전화를 끊어버렸다. 대체 무슨 일이길래 애가 이러나. 일단 출발하긴 했지만 그때까지만 해도 나는 별다른 생각을 하지는 않았었다. 연희는 원체 특이한 구석이 있는 아이라 가끔 이상한 짓을 꾸미곤 했으니까. 그저 또 엉뚱한 뭔가를 해놓고 혼자 낄낄 웃으며 나를 기다리고 있겠거니 생각했을 뿐이었다.

뭔가 심상치 않은 낌새를 느낀 건 연희의 집에 도착해 비밀번호를 누르고 들어갔을 때였다. 문을 열자 엄청난 악취가 확 코를 찔렀다. 오래 고인 물비린내 같기도 하고, 생선 썩은 냄새 같기도 했다. 깜짝 놀라 코를 움켜쥐고 집 안을 살피는데 문이 닫힌 침실에서 모기만 한 목소리가 들려왔다.

"여기야, 들어와."

방문을 열어보니 깜깜한 방 안, 침대 위에 연희가 오도
카니 앉아 있었다.

"야, 이게 대체 무슨 냄새……."

"불은 켜지 마."

연희가 말했다. 순간, 그 목소리를 듣고 나는 온몸의 피
가 차갑게 식는 듯한 느낌을 받으며 우뚝 멈춰 섰다. 아주
작은 소리긴 해도 분명히 알 수 있었다. 방금 연희가 말하
는 동시에 누군가 연희의 말을 따라 했다는 것을.

"누구…… 누구야?"

나는 겁에 질려 더듬거렸다. 눈이 서서히 어둠에 익자
창문으로 들어오는 엷은 불빛으로 연희의 모양을 어렴풋
이 구분할 수 있었다. 연희는 알몸이었다. 다리 쪽에 이불
을 덮어 감싼 채로 벽에 기대앉아 나를 가만히 바라보고
있었다.

"이리 와서 이불을 치워봐."

연희가 말했다. 꼭 깜짝 선물이라도 숨겨놓은 듯한 말
투였다. 나는 덜덜 떨며 다기가 연회의 다리에 덮인 이불

을 걷어보았다. 다음 순간, 나는 비명을 지르며 주저앉고

말았다.

처음에는 그 아래 있는 것이 바윗덩어리라고 생각했

다. 그러나 자세히 보자, 끔찍한 악취를 풍기는 그것들은

따개비였다. 연희의 허리 바로 아래쯤부터 발끝까지 온

통 따개비가 다닥다닥 달라붙어 있었다. 손바닥만 한 것

도 있었고 손톱만 한 것도 있었는데 모양은 모두 달랐다.

구멍이 뚫린 것, 우둘투둘한 것, 구불구불한 것들이 제각

기 껍질을 조금씩 벌렸다 닫았다 하며 움직이고 있었다.

"좀 징그럽지?"

주저앉은 나를 내려다보며 연희가 웃었다.

"방파제에서 넘어진 상처에는 따개비가 자란다는 얘

기, 들어본 적 있어? 사실이었지 뭐야. 집에 와서 보니까

글쎄 상처에 조그만 따개비들이 붙어 있는 거야. 내버려

뒀더니 하룻밤 만에 이렇게 불어났어."

그제야 연희의 목소리가 이상하게 들렸던 이유를 알

수 있었다. 연희가 말할 때마다 연희의 다리에 붙은 따개

비들이 일제히 껍질을 부딪치며 움직이고 있었다. 부드럽게 달그락거리는 그 소리는 기묘하게도 연희의 목소리와 닮아 있었다. 마치 자기들이 연희의 또 다른 입인 것처럼.

"보기엔 좀 그렇지만 나 기분 되게 좋아. 이런 기분 처음이야. 다리가 너무 따뜻하고 포근해. 그러니까 날 이대로 내버려뒀으면 좋겠어."

그렇게 말하는 연희의 얼굴은 어느 때보다 아름답고 편안했다.

"아직은 다리뿐이지만, 조금만 더 있으면 얘네들이 온몸을 덮어줄 거야. 그러기 전에 널 보고 싶었어."

"연희야, 너……."

거기까지 말하고 더는 말할 수 없었다.

"미안해. 근데 나 지금이 너무 좋아."

연희가 살며시 미소 지었다. 양 끝이 초승달처럼 아름답게 올라간 연희의 입술, 아주 즐겁고 편안할 때에만 무심코 내비치곤 하던 그 웃음이었다.

그때 나는 내가 무엇을 해야 하는지 깨달았다.

나는 천천히 일어서서 옷을 벗었다. 속옷까지 모두 벗은 후에 침대 위로 올라갔다. 연희에게 기대어 앉아 연희의 다리를 쓰다듬었다. 감촉은 달랐지만 알 수 있었다. 내가 항상 사랑하며 매만졌던 연희라는 것을. 날카로운 따개비 껍질이 붙은 연희의 허벅지를 꼭 쥐자 손바닥이 따끔거렸다. 나는 손아귀에 힘을 주어 문질렀다. 동시에 연희의 다리에 내 다리를 힘껏 붙여 종아리를 따개비 위로 비볐다. 금세 피가 배어 나와 따개비들을 적셨다. 불로 지지는 듯 아팠지만 고통은 잠깐이었다.

"나도 같이 있을게."

놀란 얼굴로 나를 바라보는 연희를 팔다리로 단단히 감아 끌어안았다. 혹시 나중에 누군가가 하나의 따개비 덩어리가 된 우리를 발견하더라도 떼어놓을 수 없도록. 우리는 부서질지언정 분리되지는 않을 것이었다.

따개비들이 일제히 껍질을 여닫으며 딱딱, 낮고 부드러운 소리를 냈다. 꼭 뒷일은 맡겨두라고 안심시키는 듯

다정한 소리였다. 따개비들은 기뻐 보였다. 연희가 기뻐하는 것인지, 따개비가 기뻐하는 것인지 나는 말하지 않아도 알 수 있을 것만 같았다.

새해 다짐

오성진의 2080년 목표는 손톱 물어뜯지 않기.

물론 실패였다. 한 해의 목표가 손톱 물어뜯지 않기인 사람이 손톱 물어뜯는 버릇을 고칠 수 있을 리가 없다.

오성진은 백화점에서 구두를 팔고 나는 백화점에서 모자를 판다.

구두 매장과 모자 매장은 서로 마주 보고 있고 손님이 없을 때 백화점의 모든 직원은 매장 앞에 서 있어야 하는 규칙이 있으므로 우리는 마주 보고 있다. 구두 매장 앞에는 구두를 신은 커다란 개 조각상이 있다. 하얗게 벗겨진

코끝과 꾹 다물린 입. 그 옆에는 입을 다문 오성진과 입을 다문 독일제 가죽 구두들. 손님은 드물다. 구두는 인기가 없다. 구두보다는 다문 입을 파는 쪽이 훨씬 잘 팔릴지도 모른다. 하지만 내가 충고할 입장은 아니다. 나의 모자 매장은 오성진의 구두 매장보다 매출이 적으니까. 사람들은 모자와 구두 중에 하나를 고르라면 대부분 구두를 고른다. 언젠가 내가 이것에 대해 분개하자 오성진은 이렇게 말했었다.

"머리에는 머리카락이 있어서 또 덮을 필요가 없지만, 맨발은 곤란하잖아."

그러고는 조금 이겼다는 표정을 지었다. 하지만 그렇게 따지면 발에도 양말이라는 걸 신지 않느냐고 되묻자 오성진은 잠시 생각하더니 금세 평소처럼 입을 다문 얼굴로 돌아갔다. 이번에는 내가 조금 이겼다는 기분이 들었다. 그것은 물론 매출과는 아무런 상관도 없다.

손님이 구두를 고르면 오성진은 그것을 개 그림이 있는 상자에 넣는다. 그리고 빈 공간에다 얇게 베어낸 침묵을 구겨서 채운 뒤 건네준다. 손님들은 집에 돌아가 구두를 꺼내 신발장에 넣고 상자는 분리수거함에 넣는다. 마땅히 필요도 없고 버릴 곳도 없는 구겨진 침묵이 바스락바스락 남는다.

물론 모자 매장에도 포장용 상자는 있다. 모자 안을 채울 구긴 침묵도 있다. 하지만 손님들은 보통 포장은 필요 없다고 말하곤 그 자리에서 모자를 쓰고 간다. 그리고 손님이 떠난 자리에는 바스락바스락.

손님이 없는 오전에 우리는 오래된 희망 사항에 관한 이야기를 한다.

먼저 내가 말했다.

"나는 전서구가 되고 싶었어. 초등학생 때."

"왜 하필 전서구야?"

"멋지잖아. 해야 할 일의 무게를 온몸으로 아는 게."

그러자 오성진은 이해한다는 듯이 웃었다. 나도 웃었다. 인간이 전서구가 될 수 없다는 걸 안 것은 아마도 중학생 때쯤이었나. 그 뒤로 나는 뭐가 되고 싶은지 몰라 무엇도 되고 싶지 않은, 또는 아무거나 되고 싶은 사람으로 한동안 지냈다.

"그러다 보니 모자를 팔고 있었어."

그게 끝.

이번에는 오성진이 말했다.

"나는 알약을 만드는 사람이 되고 싶었어."

"알약?"

"알약, 단추, 유리구슬. 작지만 단단해서 부서뜨리려면 전신의 온 힘을 짜내야 하는 그런 걸 만드는 사람."

하지만 오성진은 알약 만드는 사람이 되지 못한 채로 중학교에 갔다. 중학생들은 알약쯤은 가볍게 으스러뜨릴 수 있었다. 알약보다 더욱 단단한 것들을 그냥 심심풀이로 부수기도 했다.

"그래서 마음을 바꿨지. 심해어가 되기로."

"왜?"

"깜깜한 데에 엎드려서 납작하게 지내도 되고, 멋지

잖아."

중학생 오성진은 오랜 연구 끝에 심해어가 되는 수련 방법을 스스로 개발해냈다. 그것은 어둡고 좁은 틈새가 있는 곳이라면 어디서든지 할 수 있는 수련으로, 몸 전체의 양감을 서서히 줄여가면서 얇아지고 납작해지는 연습을 하는 것이었다.

"마음가짐이 중요해. 물론 재능도 필요하고."

오성진이 우쭐거리며 말했다.

중학생 오성진은 그 수련을 아주 열심히 했다. 그러자 침대 밑은 물론 소파 밑, 냉장고 밑에까지 들어갈 수 있게 되었고 좀 더 열심히 하자 책의 갈피나 피아노 건반 사이 같은 곳에까지 끼일 수 있게 되었다.

"한번 들어가면 한 달 정도는 있었어. 아무것도 보지 않고, 듣지 않고, 행복하게."

"지금도 할 수 있어?"

내가 물으니 오성진은 잠시 생각하고는 대답했다.

"너무 오랜만이라 될지 모르겠네."

그러더니 몇 번 후우 후우우 하고 숨을 내쉬었다. 잠시 뒤 오성진은 아주 천천히 납작해지기 시작했다. 처음에는 배가, 다음에는 머리와 다리가, 시간을 들여 차근차근. 마침내 그림자만큼 납작해진 오성진은 구두 판매대 밑의 어두운 틈으로 헤엄치듯 스르르 들어갔다.

"굉장하다! 굉장해!"

나는 박수를 치며 감탄했다.

오성진은 그 뒤로 커피를 한 잔 마시고 모자를 두 개 팔고 손톱을 열 개 다 물어뜯을 때까지 나오지 않았다.

"야, 좀 있으면 백화점 문 닫을 시간이야."

큰 소리로 부르고 나서야 생각났다. 맞다, 아무것도 듣지 않는댔지.

한번은 구두 매장에서 이상한 광경을 보았다. 여자 한 명이 앉아 있고 오성진이 그 앞에 무릎을 꿇고 있는 모습이었다. 나는 모자를 파는 것도 잊고 그 모습을 열심히 구경했다. 무슨 엄청난 잘못을 저질렀나 봐, 생각하는데 오성진이 일어섰다. 그러자 여자도 일어섰다. 그리고 그 여자는 양쪽 발끝을 땅에 탕탕 내리찍더니 이번에는 몸을 한껏 뒤로 틀어서 발뒤꿈치를 유심히 살펴보는 것이었다. 대체 뭘 하는 거지. 무슨 종교의식인가. 혼자서 한참을 생각했지만 전혀 알 수가 없었다.

결국 그걸 물어본 건 점심을 먹으러 구내식당에 갔을 때였다.

"아까 뭘 하고 있었던 거야?"

"뭘 말이야?"

오성진이 김치 양념이 묻은 젓가락을 쪽 빨며 되물었다.

"아까 매장에서 말야. 무릎을 꿇고."

오성진은 곰곰이 생각하는 얼굴이 되어 무릎, 무릎, 하고 중얼거렸다. 젓가락을 다시 빨고 코다리강정을 하나 집어서 씹으면서도 무릎, 무릎, 무릎, 그러다가

"아."

생각났다는 표정으로 나를 바라보았다.

"나 신발을 팔았어."

그러고는 코다리강정을 마저 씹었다.

"네 켤레나 신어보더니 처음 신었던 걸 사 갔어."

오성진이 생각에 잠겨 중얼거렸다. 나는 건성으로 고개를 끄덕였다. 아까 전부터 우리 앞에서 밥을 먹고 있는 두 여자에게 정신이 팔렸기 때문이었다. 그 여자들은 코다리강정에는 손도 대지 않은 채 맨밥을 귀퉁이부터 아주 조금씩 헐어서 먹고 있었다. 한 번에 밥알을 열 알 이상 먹으면 죽어버리는 죽기 직전의 새들처럼.

"저 여자들 좀 봐."

내가 말하자 오성진도 그쪽을 흘깃 쳐다보았다.

"아무튼 난 무릎을 꿇은 게 아니라 신발 끈을 매주고 있었던 거야. 그게 내 일이니까."

"그렇구나."

그런데 재미있는 일은 다음 날 일어났다. 오성진과 내가 구내식당의 어제와 같은 자리에서 점심을 먹고 있을 때였다.

"파래무침이랑 김부각이 같은 날 나오다니 너무하잖

아.”

내가 투덜거리자 오성진은 대답 대신 나를 시무룩하게 바라보더니 물었다.

“아까 뭘 하고 있었던 거야?”

“응?”

눅눅한 김부각을 젓가락으로 콕콕 부수는데 오성진이 말을 이었다.

“아까 너, 손님 앞에서 무거운 거울을 받쳐 들고 꼭 벌서는 것처럼 서 있었잖아.”

대체 무슨 말을 하는 건지 전혀 알 수가 없었다. 나는 눈썹에 힘을 주고 그날 오전의 기억을 삐걱삐걱 되감았다. 그동안 오성진은 건너편에서 식판을 잔반통에 탕, 탕 소리 내며 털고 있는 남자를 바라보고 있었다.

“아하.”

내가 말했다.

“나 모자를 팔았어. 반짝이는 검은 털모자를. 손님한테 모자 쓴 모습을 보여주려고 거울을 들고 있었지.”

"그렇구나."

오성진이 무심하게 대답했다. 오성진은 어딘가를 빤히 바라보고 있었다. 나도 그곳을 바라보았다. 그곳에는 식판을 퇴식대에 집어넣는 중인 남자가 있었다. 잠시 후 남자는 녹말 이쑤시개를 질겅질겅 씹으며 구내식당을 나갔다.

구두 매장 앞에 작은 남자아이가 나타난 적이 있다. 언뜻 보면 네 살처럼도 보이고 다시 보면 열일곱 살 같기도 한 그 아이는 아침부터 거기 있기 시작해서 저녁까지도 거기 있었다. 입을 다문 개 조각상 앞에 서서 개를 올려다보면서. 울지도 웃지도 않고.

보다 못한 오성진이 말을 걸었다.

"애, 어디서 왔니? 엄마는 어디 있니?"

그러자 아이가 처음으로 개에서 눈을 떼고 오성진을 바라보았다. 그때 나는 그 아이의 얼굴이 무슨 물고기를 닮았다는 걸 알게 되었다. 입술이 동그랗고 포동하며 머리통은 납작한. 근데 그게 무슨 물고기지. 아무튼 물고기를 닮은 그 아이는 차분하게 대답했다.

"엄마는 어딘가에 있어."

그런데 오성진이

"그 어딘가가 어딘데?"

하고 되묻자 아이는 금세 눈이 우물만큼 쑤우우욱 깊어지더니 그 자리에서 사라져버렸다.

아이는 다음 날 아침에 다시 발견되었다. 어제와 같은 자리에서. 증기처럼 눅눅하고 흐릿했지만 분명 어제 그 아이였다. 오성진이 아이를 눈짓으로 가리키며 입을 벙긋벙긋했다. 어제 그 애야. 이번에는 내가 다가갔다.

"뭘 보고 있어?"

아이는 또 그 물고기 같은 눈으로 나를 올려다보았다. 그러자 아이의 볼록한 눈동자에 내 얼굴이 비쳤다. 그런데 그 모습은 내가 기억하는 내 얼굴보다 훨씬 늙어 보여 나는 좀 당황했다.

"개를 키우고 싶은데 엄마가 개를 싫어해."

아이는 그렇게 말하고 나서 자기 신발코를 내려다보다가 또 눈이 쑤욱, 깊어졌다. 그러고는 망가진 비디오 영상처럼 지직거리기 시작했다. 아이가 사라지려고 하는 찰나 나는 아이의 옷자락을 꼭 잡았다. 잡은 손아귀가 서늘하고 축축했다.

"엄마한테 가자."

별로 그러고 싶은 기분은 아니었지만 그렇게 말해야 할 것만 같은 기분이 들었다.

매장은 오성진에게 맡기고 아이를 데리고 나섰다. 손을 잡고 싶었는데 아이가 너무 작아서 나와는 높이가 맞지 않아, 대신 아이가 입은 윗옷에 붙어 있던 방울 달린 끈 같은 것을 잡았다. 백화점 꼭대기 층에는 사무실이 있고 그 사무실에는 커다란 마이크가 있고 그 마이크로는 백화점 전체에 방송을 할 수 있다고 들은 적이 있는 것 같았다. 그런데 뭐라고 방송을 해야 아이 엄마가 알아듣고 아이를 찾으러 올까. 물고기를 닮은, 네 살 같기도 하고 열일곱 살 같기도 한, 개를 키우고 싶어 하는 아이를 보호

하고 있습니다. 사실 보호하고 있는 건 아니고 그냥 데리고 있습니다. 이렇게 말하면 될까. 고민하며 상행 에스컬레이터를 탔다. 아이는 고분고분 잘 따라오는가 싶더니 어느 순간 옆에서 없어졌고 내 손에는 방울 달린 끈만이 남아 있었다. 끈은 길게 길게 늘어나 끝이 보이지 않았다. 가끔 구불구불 바다뱀처럼 움직이는 걸 보니, 아이가 어딘가를 헤매고 있는 모양이었다.

나는 자꾸자꾸 올라갔다. 주방용품과 스포츠용품과 남성복을 파는 층을 지나고 무슨 음식점이 가득 있는 층도 지났다. 그러면서 나는 점점 녹초가 되고 지저분해졌는데 화분만 가득 있는 어떤 층에서는 머리카락에 온통 시든 게발선인장 꽃이 달라붙었고 진흙이 담긴 비닐봉지 같은 걸 파는 층에서는 흙투성이가 되고 말았다. 나는 기진맥진한 채 계속 올라갔다. 어떤 층에는 공기가 들어 있는 반투명한 고양이들이 우리에 갇혀 있었고 어떤 층에서는 바짝 마른 뼈다귀들이 줄에 매달려 빙빙 돌고 있었다. 이런 걸 파는 곳이 있었다니. 모자나 구두를 파는 건

상당히 상식적인 일이었구나. 나는 상당히 상식적인 인간이었구나, 하면서 올라갔다. 손에 쥔 끈은 가끔 팽팽해지다가 느슨해지다가 했는데 너무 가늘어져 끊어질 것 같으면서도 끊어지지 않았고 끝이 보이진 않았지만 그 끝에 아이가 있다는 확신이 손아귀에 전해지고 있어서 안심했다.

어쨌든 나는 계속 올라갔는데 어느 순간부터는 시간도 알 수 없고 공간도 알 수 없을 정도로 올라갔다. 아까 지났던 층을 방금 또 지난 것 같기도 했고 이건 분명 아까 봤던 벽난로인데, 머리빗인데, 냄비 뚜껑인데 하는 생각을 서너 번쯤 했을 무렵 갑자기 내 발이 쑤욱 들어가는 푹신한 바닥을 밟고 있었다.

주변을 둘러보니 나는 커다랗고 텅 빈 공간에 들어와 있었다. 한쪽 벽이 유리로 되어 있고 회색 등받이가 달린 의자가 유리 벽을 바라보며 세 줄로 죽 늘어서 있었다. 어디선가 많이 본 곳 같은데, 하며 올라가는 에스컬레이터를 찾았지만 한눈에도 그런 것은 없었다. 그렇다면 여기가 꼭대기로군. 나는 일단 의자에 앉아서 좀 쉬기로 했다. 다리가 아팠고 배도 고팠다. 의자가 유리 벽을 바라보고 있어서 의자에 앉은 사람은 자연스레 유리 벽 너머를 바라볼 수밖에 없는 그런 형태였는데 그래서 나도 유리 벽 너머를 바라보고 있자니 그제야 여기가 어디인지 알 것 같았다. 이곳은 공항, 혹은 공항처럼 생긴 공간이었다. 그런데 공항치고는 비행기가 하나도 없네, 생각하자마자 조그맣고 하얀 비행기 한 대가 멀리서 활주로를 미끄러져 달려와 섰다. 그와 동시에 어딘가에 있는 스피커에서 친절하고 명료한 여성의 목소리가 흘러나왔다. "무한행 비행기, 지금 탑승하겠습니다." 나는 누가 무한에 가나 싶어서 주변을 둘러보았지만 여기에는 손에 방울 달린 끈을 둘둘 감고 있는 나 혼자뿐, 아무도 없었다. 그 끈을 보니 내가 왜 여기에 왔는지가 퍼뜩 생각나 나는 자리에서 일어섰다. 이곳이 공항이라면 인포메이션 센터 같은 곳이 있을 것이고 거기에 방송을 부탁하면 되겠지, 하고 걷기 시작했는데 이 공항은 벽이 무한대로 늘어나는 기묘한 공간, 그래 마치 우주, 처럼 걸으면 걷는 방향대로 쭉쭉 길어지고 넓어지는 것 같은 느낌이 들었다. 나는 좀 불안해져서 "저기요, 아무도 없어요?" 같은 무의미한 말을 중얼거렸다. 그래도 아무도 무엇도 나타나지 않아서 결국엔 끈을 잡아당겼다. 줄다리기를 하듯 한참 잡아당기자 그 끝이 무언가에 툭, 걸리는 느낌도 들고 때로는 뭔가에 제대로 엉킨 듯 아무리 당겨도 당겨지지 않고 하더니 결국 멀리서부터 구불구불 헤엄치며 아이가 왔다. 물풀이라도 뜯어먹은 듯 입가에 푸른 물이 들어 있는 아이는, 잘 놀고 있었는데 내가 산통을 깼다는 듯 부루퉁한 얼굴이었다. 그래도 내가 "인포메이션 센터를 찾아봐" 하고 말하자 어딘가로 꿈틀꿈틀 헤엄치기 시작했는데 아이를 따라가자 거기에는 데스크가 있었고 남색 정장에 남색 모자를 쓴 예쁜 여자 한 명이 앉아 있었다. "무엇을 도와드릴까요?" 여자가 물었고 나는 손에 쥔 끈과 끈 끝에서 미끈거리고 있는 아이를 들어 보이며 "미아 방송을 좀 했으면 하는데요"라고 말했다. 여자는 아이의 얼굴을 잠시 들여다보고는 알겠다는 듯이 고개를 끄덕끄덕했다. 그러고는 데스크 밑에서 주먹만 한 마이크를 꺼냈는데 나는 그것이 백화점 전체에 들리도록 방송을 할 수 있는 그런 마이크라는 것을 말하지 않아도 알고 있었다. 왜냐하면 그럴 것 같았기 때문이었다. 여자는 마이크의 전원을 켜더니 입을 딱딱 벌리며 우리 백화점의 로고송을 단 한 번의 음 이탈도 없이 완벽하게 부른 뒤, "물고기를 닮은 남자아이를 데리고 있습니다. 이 아이의 보호자께서는 지금 즉시 인포메이션 센터로 와주시기 바랍니다. 감사합니다" 하고는 마이크를 껐다.

그러고는 이제 됐냐는 듯이 나와 아이를 번갈아 바라보았다. 나는 고맙다는 뜻으로 눈인사를 했다. "그런데 저는 1층에 있는 모자 매장에서 왔는데요. 지금 매장을 다른 사람한테 맡겨둔 채라서, 혹시 이 아이 좀 맡아주실 수 있을까요?" 쭈뼛거리며 말하자 여자는 미소를 지었다. 그건 아마도 그래도 된다는 뜻이겠지. 데스크 주변을 살펴보니 마침 철사로 사람 모양을 대충 얽어놓은 기묘한 조형물이 하나 눈에 띄었다. 거기다 방울 달린 끈을 묶어놓자 아이는 헬륨 풍선처럼 제자리에 얌전히 둥둥 떠 있었다.

"그럼 잘 부탁합니다."

나는 그렇게 말하고 돌아서서 가려고 했는데 내려가는 길을 도무지 알 수가 없었다. 그렇다고 여자에게 길을 묻기도 민망했고 무작정 가면 뭔가 나타나겠지 싶은 느낌이라 그냥 쭉 앞을 향해 걷기로 했다.

걷기로 하고 나서 얼마나 걸었을까. 이 공항은 점점 길어지는 것 같은데 어디까지 길어질지 과연 끝, 혹은 더 이상 길어지지 않는 지점이 나타날지 아니면 영원히 길어지기만 할지 나는 오기가 생겨 될 대로 되어라 생각하고 계속 걸었다. 걷고 걷고 또 걷고 걷고 왼발 앞에 오른발 오른발 앞에 왼발 그렇게 지구 반 바퀴는 돌지 않았을까 싶을 만큼 걷고 나자 어느샌가 낯익은 장소에 와 있었는데 조금 어색한 기분으로 두리번두리번 돌아보니 이곳은 아무래도 내 방인 것 같았다. 쿵쿵 냄새를 맡자 어젯밤

먹고 그대로 내버려둔 오징어짬뽕 냄새며 아침에 발랐던 선크림 냄새가 나는 걸 보니 그런 것 같았다. 그렇다면 오늘 근무는 여기서 끝인가, 그렇지 않다고 해도 오래 걸어 다리가 퉁퉁 부었으니 여기까지 하는 걸로 하자, 생각하고 침대에 누웠다.

아이는 그 뒤로 나타나지 않았는데 그 아이는 지금도 인포메이션 센터 옆의 기묘한 조형물에 묶여서 무한행 비행기가 뜨고 내리는 걸 구경하고 있을까 아니면 진짜 엄마가 데려갔을까 그렇다면 개를 키우게 되었을까 아닐까 가끔 생각하다가 생각하지 않게 되었다.

이런 일이 있다. 가끔은 모자를 사 갔던 손님들이 다시 돌아와 말한다. "이거 환불해주세요." 그러고는 죽은 동물의 사체를 건네듯 모자를 내미는 것이다. 나는 원체 귀찮은 일에 휘말리는 게 질색이라 되도록 군말 없이 환불해주는 쪽을 택하는데 정말 심각한 상태의 모자를 가져오는 손님도 종종 있었다. 진흙투성이가 되었다든가 시든 개발선인장 꽃잎이 여기저기 묻어 있다든가 해서 진이 쪽 빠지고 녹초가 된 모자를 가져오는 손님들 말이다.

이런 손님은 오성진의 구두 매장에도 물론 있는데 어제는 한 남자가 앞코에 커다란 갈색 얼룩이 생긴 가죽 구두 한 켤레를 가져와 환불을 해달라며 으름장을 놓는 것을 보았다. 오성진이 이 얼룩은 무슨 얼룩이냐고 묻자 남자는 눈을 동그랗게 뜨고는 자기도 모른다고 대꾸했다. "그렇다면 얼룩이 저절로 생겼다는 말씀이신가요?" 오성진이 정중하게 되물었는데 남자는 오성진이 정중한 만큼 화를 내기로 작정한 사람처럼 소리를 질렀다. "아 글쎄 나도 모른다니까! 저절로 생겼어, 그런 얼룩이." 나는 마침 매장에 손님도 없고 해서 오성진과 남자가 실랑이하는 광경을 구경했다. 그 구두는 오성진과 남자의 손을 왔다 갔다 하며 표면에 생긴 얼룩을 검사당하고 있었다. 만일 구두가 말을 할 수 있었다면 분명 수치스러워, 날 그렇게 바라보지 마, 하고 중얼거렸겠다 싶었는데 과연 구두는 점점 쪼그라들더니 끝내는 유치

원생이나 겨우 신을 수 있을 만한 크기로 작아지고 말았다. 그러자 남자가 의기양양하게 말했다. "거봐, 이런 걸 어떻게 신어." 결국 오성진은 가격표도 영수증도 없는 그 구두를 꼼짝없이 환불해주고야 말았다. 오성진은 그 구두를 얇게 베어낸 침묵에 둘둘 말아서 아무도 보지 않는 그늘에 갖다 놓았다. 구두들은 혼자 있을 수 있는 환경을 만들어주면 언젠가는 틀림없이 다시 제 크기로 돌아온다는 게 오성진의 설명이었는데 과연 몇 달이 지나고 침묵을 들추어보니 구두는 고등학생용 정도 크기로 늘어나 있었다.

모자에는 그런 방법이 통하지 않는다. 모자는 구두보다 훨씬 섬세한 물건이기 때문에 일단 줄어들면 어지간해서는 되돌아오지 않는 것이다. 그런 물건은 애초에 환불해주지 않는 게 상책이지만 예전에 한번은 이런 일이 있긴 했다. 여자 한 사람이 와서는 모자를 내밀며 환불, 하고 짧게 말했는데 그 모자는 지난주에 우리 매장 단골인 멋쟁이 할머니가 사 갔던 반짝이는 검은 털모자였다.

"모자에 무슨 문제가 있나요?" 묻자 여자는 무심하게 대답했다. "우리 시어머니가 사 간 건데 몇 번 써보지도 못하고 죽었어, 어제." 물론 그게 환불을 해줄 타당한 이유는 아니었지만 사람이, 그것도 단골손님이 죽었다는데 거기다 대고 환불 규정이니 뭐니 따지기도 참 민망한 노릇이라 나는 일단 모자를 받아 들어 이리저리 살펴보았다. 모자는 이미 자신이 쓸모를 잃었다는 것을 직감한 상태였고 모자라기보단 검은 털실 주머니라고 불러야 할 것 같은 모양새가 되어 있었다. 나는 모자를 여자에게 보여주며 "이런 상태로는 환불이 어렵습니다"라고 말했는데 여자는 의외로 그럴 줄 알았지만 그냥 입이나 한번 떼어본 거였다는 듯이 "그럼 반만이라도" 하고 응수해왔고 나는 모잣값의 반액을 내 지갑에서 꺼내 건네주며 여자를 보냈다.

그래서 내게는 용도 불명의 반짝이는 검은 털실 주머니가 하나 생긴 셈이었는데 이 주둥이에 끈을 꿰어서 소지품을 담으면 참 좋을 것 같다, 현관문에 걸어두고 차 키나 집 열쇠를 넣어둘까 고민하면서 그놈을 만지작대고 있자니 문득 그보다 더 좋은 생각이 떠올랐다. 나는 그걸 집에 가지고 가서 소파에 올려놓고 손바닥으로 슬슬 쓰다듬어주거나 데운 우유를 조금씩 먹여주었다. 그러면 그것은 나른하게 하품을 하거나 바닥으로 툭 떨어지거나 했는데 결코 다시 모자의 모양으로 돌아오지는 않았고 주머니로서의 쓸모도 없었지만 집에 그런 것 하나쯤 있으면 그런대로 귀여워서 만족했다.

　하루는 오성진에게 이 털실 주머니 이야기를 하자, 오성진이 자기도 그런 것이 하나 집에 있으면 좋겠다고 했다. 오성진의 어린 아들을 위해서였다. 아이는 개를 기르고 싶어 하는 반면 오성진의 아내는 개를 싫어한다고, 털이 날리고 똥을 아무 데나 싸는 것도 싫지만 그 꾹 다문 입으로 자기를 바라볼 때면 너무 싫어서 소름이 끼칠 정도라고 했다. 아이가 매일같이 개 타령을 하며 제 엄마와 싸우는 통에 정신이 하나도 없다나. 나는 오성진에게 조만간 괜찮은 털실 주머니 하나를 꼭 구해다 주겠다고 약속했다. 마침 그로부터 며칠 뒤, 거의 골무만큼 줄어든 모자 하나를 손에 넣게 되었다. 나는 그걸 오성진에게 주었다. "가끔 물을 먹이고 어두운 곳을 만들어줘" 말하자 오성진은 수첩을 꺼내 꼼꼼히 받아 적었다.

다음 날 오성진은 내게 자기 휴대폰 배경 화면으로 설정해둔 아이의 사진을 보여주었다. 털실 주머니를 껴안고 있는, 귀엽지만 어딘지 물고기를 닮은 납작한 남자아이의 사진이었다.

"아이도 좋아하고 아내도 좋아해. 그런데 이거 가끔씩 깨물더라." 과연 오성진의 손등에는 조그맣게 깨물린 자국이 있었다.

"저런, 우리 집 건 안 무는데." 나는 왠지 미안해졌다.

"괜찮아, 버릇을 잘 들이면 되겠지." 오성진이 손등을 문질렀다.

그러고 나서 한동안 잊고 있었다, 오성진에게 털실 주머니를 주었던 일을. 사실 우리 집에 털실 주머니가 있다는 것도 거의 잊어버렸는데 그도 그럴 것이 털실 주머니는 털이 날리지도 않고 똥도 싸지 않고 꾹 다문 입으로 날 바라보지도 않기 때문이었다. 나는 털실 주머니를 소파 밑이나 변기 뒤쪽 같은 곳에서 우연히 마주치곤 아 저거 저기 있었군 생각했고, 생각하는 것에 그쳤다.

그런데 어느 날부터 오성진이 출근을 하지 않았다.

어디가 아픈가 생각했는데 다음 날도, 그다음 날도 나타나지 않았다. 구두 매장에는 뚱한 얼굴을 한 아르바이트생이 대신 일을 했는데 말을 붙여도 도통 대화가 이어지지 않는 데다 구두에 대해서는 하나도 몰라서 손님들이 짜증을 내며 그냥 가버리곤 했다. 그 아이는 내가 오성진에 대해 물어보자 전혀 아는 것이 없다는 얼굴로 "하지만 그분이 돌아오면 제가 일자리를 잃게 되니 돌아오지 않으셨으면 좋겠어요"라고 대답했다.

아르바이트생 아이의 바람대로 오성진은 그 뒤로 한 달이 지나도록 나타나지 않았는데 내가 그 아르바이트생과 눈인사 정도는 주고받게 되었을 즈음의 어느 날 개점 시간에 수척하고 파리한 얼굴로 구두 매장 앞을 쓸고 있는 오성진을 보았다. 나는 꼭 죽은 사람이 살아 돌아온 것 같은 기분이 들었으나 그렇다고 오성진이 죽었을 거라고 생각했던 건 아니었다. "뭐야, 그동안 어떻게 된 거야" 하고 반갑게 물었는데 오성진이 힘없이 말했다.

"아이가 없어졌어. 아내도 같이."

알고 보니 내가 오성진에게 선물했던 털실 주머니가 문제였다. 오성진의 아이와 아내는 합심해서 털실 주머니를 애지중지 돌보았고 애초 골무만 했던 털실 주머니는 쑥쑥 자라 복주머니만 해지고 장바구니만 해지고 쌀자루만 해졌다가 끝내는 텐트만 해져서 식탁에서 함께 밥을 먹일 수도 없고 산책에 데리고 나갈 수도 없게 되고 말았다. 하지만 털실 주머니가 커질수록 아이와 아내는 기뻐하고 대견해했고 그럴수록 털실 주머니는 기고만장해져서 더욱 자주 그들을 깨물곤 했는데 한번은 살점이 뜯겨 피가 날 정도로 깨문 적도 있다고 했다. 그래도 아이와 아내는 계속 털실 주머니를 보살폈고 그러다가 털실 주머니는 아내와 아이 둘만의 암호 같은 것이 되어 오성진이 퇴근을 하고 돌아오면 둘이 털실 주머니 속에 들어앉아 저들끼리만 아는 말로 뭐라고 소곤소곤하다가 뚝 그친다거나 하는 일도 있게 되었다. 오성진은 그깟 털실로 짠 주머니에 신경을 쓰는 것도 꼴이 우스워지는 것 같아 아무 말도 하지 않기로 했고 아무 말도 하지 않았다. 그런데 어느 날 아이와 아내가 감쪽같이 사라진 것이었다. 오성진이 찾아낸 것은 거실 한가운데에 덩그러니 놓여 있는, 다시 골무만큼 작아진 털실 주머니뿐이었다.

그들은 아무것도 챙기지 않았고 메모도 한 장 남기지 않았는데 오성진은 그들이 갈 만한 곳은 전부 찾아다녔고 경찰에 신고도 했지만 아무 소득도 없었다고 했다.

"나는 털실 주머니가 아이와 아내를 데려간 게 틀림없다고 생각해."

그러면서 오성진은 주머니에서 털실 주머니를 꺼내 손바닥 위에 올려 보였다. 나는 그것을 자세히 들여다보았다. 그 털실 주머니는 엄지손톱만 하게 줄어들어 이제는 주머니가 아니라 무언가의 뚜껑 같아 보였다. 억지로 좁은 틈을 벌리려고 하자 털실 주머니는 내 손을 깨물려고 들었다.

"잘 돌보려고 해. 아내와 아이가 다시 되돌아 나올 수 있으려면 지금보다 훨씬 커져야 할 테니까."

오성진이 털실 주머니를 다시 주머니에 넣으며 말했다.

"그런데 넌 모자를 파는 사람이니까 혹시 아니, 사라진 사람들은 어디로 가는지."

나는 이전에 오성진이 서 있던 자리에 서서 내 질문에 대답했던 아르바이트생을 떠올리며 대답했다. "몰라."

오성진은 시무룩하게 고개를 끄덕이고 돌아서서 매장 안으로 들어갔다. 그러고 나서 평소처럼 나는 모자를 팔고 오성진은 구두를 팔다가 각자의 집으로 퇴근을 했고 집에 도착해서는 오랜만에 내 털실 주머니는 어디 있나 찾아보았더니 글쎄, 옷장에 들어가서는 옷을 죄다 쏟아 놓은 것 아닌가.

오성진의 아이와 아내는 결국 해가 바뀌도록 돌아오지 않았고 오성진은 점점 마르고 수척해지더니 끝내는 철사로 사람 모양을 엮어놓은 기묘한 조형물처럼 변해버렸다. 그래도 오성진은 계속 구두를 팔고 나는 모자를 팔았는데 2080년의 마지막 날에도 오성진은 구두를 팔고 나는 모자를 팔고 있었다. 1월 1일은 백화점이 쉬는 날이었으므로 점심에는 구내식당에서 미리 굴떡국이 나왔고 오성진은 김치를 찢다 말고 한참 내 머리통 뒤를 바라보았는데 대체 뭘 보는 건가 싶어서 돌아보니 거기에는 아무것도 없었다.

밥을 먹고 나서 오성진이 내게 줄 것이 있다고 하며 나를 구두 매장 안쪽으로 데리고 갔다. 보통은 손님들이 앉는 둥근 가죽 의자에 앉아 기다리니 오성진이 판매대 안쪽에서 부스럭부스럭 소리를 내며 뭔가를 꺼내 왔다. "이게 뭐야" 물으니 "새해니까" 하고 대답했다. 오성진이 건네준 그것은 얇게 베어낸 침묵으로 곱게 포장까지 되어 있는 본격적인 선물의 모양새를 하고 있었는데 그래서 나는 조심스럽게 테이프를 떼어냈고 침묵 속에서 납작한 상자를 끄집어냈다. 열어보니 손바닥만 한 공책이 들

어 있었다. "어머, 예쁘다" 하며 팔락팔락 넘기자 새 종이
와 침묵의 냄새가 났다. 오성진이 멋쩍게 웃으며 말했다.
"이제 새해니까, 너도 이런 것 하나쯤 있으면 좋을 것 같
아서."

나는 고맙다고 말하고 모자 매장으로 돌아와 핸드백
안에 그 공책을 잘 넣어두었고 일하는 내내 잊어버리고
있다가 퇴근하여 집에 도착하고 나서야 핸드백이 평소보
다 무겁다는 생각이 들어 공책을 다시 꺼냈다. 펜을 찾느
라 한참이 걸렸고 펜을 찾아내서 밥상 위에다 공책을 놓
기까지도 한참이 걸렸다. 공책은 내지가 두껍고 반짝이
는 재질의 예쁜 물건이었다. 책등 부분에는 '무한에 오신
것을 환영합니다'라는 문구가 영문 필기체로 적혀 있었
다. 오성진, 무한에 다녀왔구나. 그렇다면 혹시 거기서 아
내와 아이를 만났을까. 나는 무한을 모르고 가본 적도 없
지만, 무한이라는 곳에서 오성진과 오성진의 아내와 아
이가 극적으로 상봉하는 장면을 상상하고 기분이 좋아졌
다. 하지만 그들은 만나지 못했을 수도 있지, 무한은 사람

을 만나러 가는 곳이 아닐 수도 있으니까.

나는 공책의 맨 앞 장을 펼쳐 "자아, 이제 무엇을 적을까" 하고 괜히 소리 내어 말을 했다. 아무래도 새해니까 새해의 다짐 같은 걸 적으면 어울리지 않을까. 나는 작살로 물고기를 잡으려는 사람처럼 펜을 꼬나들고 흰 종이를 노려보다가 최대한 예쁜 글씨로 또박또박 이렇게 썼다. 2081년의 목표, 손톱 물어뜯지 않기. 그러고는 더 이상 생각이 나지 않아 '손톱 물어뜯지 않기' 밑에 밑줄도 쭉쭉 그어보고 별 표시도 반짝반짝 그리고 하다가 펜을 던져버리고 말았다.